वियतनाम की कहानियाँ

Tales of Vietnam

अन्ना वोल्कोवा

Anna Volkova

अनुक्रमणिका

प्रस्तावना

कहानियाँ किताबों में जन्म नहीं लेतीं. वे कहीं और से शुरू होती हैं — पेड़ों से गुज़रती हवा की लहर में, पानी के धैर्य में, उन हाथों के मौन परिश्रम में जो स्मृति से भी पुराने सीखे हुए भाव दोहराते रहते हैं.

इस संग्रह में समेटी गई कहानियाँ उसी प्राचीन स्थान से आती हैं.

ये न इतिहास के अभिलेख हैं, न किसी नामित पौराणिक कथा का विश्वस्त पुनर्कथन. इसके बजाय, ये लोककथाओं की उस गहरी धारा का अनुसरण करती हैं — वे कहानियाँ जो याद रखी जाने, सुनाई जाने, और हर बार एक आवाज़ से दूसरी आवाज़ तक पहुँचते हुए थोड़ी-थोड़ी बदलने के लिए गढ़ी गई हैं. ऐसी कहानियों में सच्चाई को सटीकता से नहीं, बल्कि उसकी गूँज से मापा जाता है.

गाँवों, तटों, जंगलों और नदियों के पार, ये कहानियाँ बार-बार उन्हीं प्रश्नों पर लौटती हैं: क्या थामे रखना चाहिए, और क्या छोड़ देना चाहिए; क्या लिया जा सकता है, और क्या बाँटना ज़रूरी है; जब व्यक्तिगत इच्छा संसार के संतुलन से टकराती है, तो उत्तरदायित्व कहाँ से शुरू होता है. इन पन्नों पर चलने वाले पात्र — मछुआरे, बुनकर, कुम्हार, बच्चे, जानवर और अदृश्य शक्तियाँ — महान अर्थों में नायक नहीं हैं. ये साधारण जीवन हैं, जो थोड़े समय के लिए परिणाम की कगार पर खड़े हो जाते हैं.

यहाँ प्रकृति केवल पृष्ठभूमि नहीं है. वह सुनती है. वह याद रखती है. वह उत्तर देती है. हवा हवा से अधिक कुछ वहन

करती है. मिट्टी वह सहन करने से इनकार करती है जो उसे कभी सहनी नहीं थी. रोशनी उधार ली जा सकती है, पर कभी अपनी नहीं की जा सकती. ये निर्देश देने के लिए बनाए गए रूपक नहीं हैं, बल्कि ऐसे बिम्ब हैं जो मन में टिके रहें — हर पाठक को अलग अर्थ देते हुए.

ये कहानियाँ दक्षिण-पूर्व एशिया की मौखिक परंपराओं की आत्मा में निहित हैं, जहाँ संयम उतना ही महत्वपूर्ण है जितना विस्मय, और जहाँ ज्ञान अक्सर चुपचाप आता है — कहानी समाप्त होने के बाद. ये न विजय पर समाप्त होती हैं, न दंड पर, बल्कि समझ पर — कभी अधूरी, कभी कठिन.

यह पुस्तक पाठक को धीमा पड़ने का, पंक्तियों के बीच सुनने का, और यह स्वीकार करने का आमंत्रण देती है कि हर संतुलन बिना किसी हानि के नहीं लौटाया जा सकता. कुछ सच्चाइयाँ स्पष्टीकरण से नहीं, बल्कि ध्यान से प्रकट होती हैं.

यदि ये कहानियाँ अंतिम पृष्ठ के बाद भी तुम्हारे साथ रहें — यदि वे मौन के क्षणों में, या हवा, पानी या आग की उपस्थिति में वापस लौटें — तब उन्होंने वही किया जो लोककथाएँ हमेशा से सबसे अच्छा करती आई हैं: उन्होंने तुम्हारी ओर से कुछ याद रख लिया.

अब तुम्हें उस याद में प्रवेश करने का निमंत्रण है.

वह बाँस जिसने नाम याद रखे

उस निचली भूमि में जहाँ नदी किसी विश्राम करते जानवर की तरह धीरे-धीरे मुड़ती थी और खेत हरे रंग के धैर्यशील वर्गों में फैले हुए थे, एक गाँव बसा था — इतना शांत कि वहाँ से गुज़रते हुए हवा भी अपनी आवाज़ धीमी कर लेती थी. घर काली पड़ चुकी लकड़ी के खंभों पर खड़े थे, उनकी छतें ताड़ के पत्तों से ढकी थीं जो कई मौसमों की धूप और बारिश से फीके पड़ चुके थे. सीढ़ियों के नीचे मिट्टी में मुर्गियाँ खुरचती रहती थीं. पानी के घड़े छाँव में सोते थे. जीवन धीरे-धीरे चलता था — इसलिए नहीं कि काम कम था, बल्कि इसलिए कि हर काम सावधानी से किया जाता था.

गाँव के पूर्वी छोर पर एक बाँस का झुरमुट था.

वह न बहुत बड़ा था, न विशेष रूप से पुराना, फिर भी वह हमेशा से वहाँ था. बुजुर्ग कहते थे कि जब उनके दादा-दादी बच्चे थे, तब भी बाँस ऊँचा और सीधा उठा खड़ा था — उसके पतले तने जब भी हवा बहती, मंद घंटियों की तरह धीरे-धीरे एक-दूसरे से टकराते. यह झुरमुट गाँव और उसके परे की अनगढ़ धरती के बीच की सीमा थी — जहाँ चावल के खेत समाप्त होते और जंगल शुरू होता. यह आश्रय भी था और चेतावनी भी — एक याद दिलाता था कि व्यवस्था और जंगलीपन उन पड़ोसियों की तरह एक-दूसरे से टिके हुए हैं जो हमेशा सहमत नहीं होते.

ग्रामीण बाँस पर अनगिनत तरीकों से निर्भर थे. उससे वे टोकरी ढोने के खंभे काटते, चावल सुखाने के ढाँचे बनाते, दीवारों और बाड़ों के लिए पट्टियाँ तैयार करते. बाँस के कप पानी रखते; बाँस की चटाइयाँ फर्श को ठंडक देतीं; बाँस की बाँसुरियाँ शाम को जब काम खत्म होता, गाने लगतीं. फिर भी कोई भी कभी ज़रूरत से ज़्यादा नहीं लेता था. हर कटाई सावधानी से की जाती, और ग्रामीण पहली बार कुल्हाड़ी चलाने से पहले हमेशा झुककर प्रणाम करते.

"लेने से पहले माँगो," बुज़ुर्ग कहते. "बाँस सुनता है."

ज़्यादातर लोग इसे केवल एक कहावत समझते — धैर्य और संयम सिखाने का एक तरीका. केवल बच्चे कभी-कभी सोचते कि क्या यह सच है.

उन्हीं बच्चों में एक लड़का था — मिन्ह.

मिन्ह अपनी माँ के साथ झुरमुट के पास एक छोटे से घर में रहता था. उसके पिता तब गुज़र गए थे जब मिन्ह बहुत छोटा था — कुछ लोग कहते थे नदी ने ले लिया, कुछ कहते थे उस बुखार ने जो एक उमस भरी गर्मी में पूरी घाटी में फैल गया था. मिन्ह को उन्हें स्पष्ट याद नहीं था. उसे केवल एक जोड़ी हाथ याद थे जो मिट्टी और पानी की खुशबू से भरे थे, और एक आवाज़ जो मछली पकड़ने का जाल सुधारते हुए धीरे-धीरे गुनगुनाती थी.

उसकी माँ, लान, कठिन परिश्रम करती थी. वह भोर से पहले उठकर खेतों की देखभाल करने जाती और शाम को पाँवों पर कीचड़ लगाए और आँखों में थकान लिए लौटती. वह कम बोलती थी, लेकिन जब बोलती, उसके शब्द संतुलित और दयालु होते. मिन्ह ने जल्दी ही खुद काम करना सीख लिया — पानी लाना, फर्श बुहारना, बारिश के संकेतों के लिए आकाश देखना.

दोपहर में, जब गर्मी दबाती थी और बड़े लोग आराम करते थे, मिन्ह घूमने निकल जाता.

अक्सर, उसके पाँव उसे बाँस के झुरमुट की ओर ले जाते.

उस जगह में कुछ ऐसा था जो उसे खींचता था. वहाँ की रोशनी अलग थी — पतली, हिलती हुई लकीरों में छनकर ज़मीन पर नाचती. हवा ठंडी महसूस होती, और गाँव की आवाज़ें दूर हो जाती थीं, उनकी जगह बाँस के तनों की हल्की चरमराहट और कभी-कभी अनदेखे पंछियों की पुकार ले लेती.

मिन्ह को झुरमुट के किनारे बैठकर सुनना पसंद था.

पहले, वह केवल साधारण चीज़ें सुनता — पत्तों की सरसराहट, कीड़ों की खटखटाहट, बाँस का बाँस से टकराने की खोखली थाप. लेकिन एक दोपहर, जब सूरज नीचा था और परछाइयाँ लंबी थीं, उसने कुछ और सुना.

एक फुसफुसाहट.

वह इतनी हल्की थी, लगभग हवा में खो गई थी, और मिन्ह ने पहले सोचा कि उसने कल्पना की होगी. वह आगे झुका, साँस रोककर.

फुसफुसाहट फिर आई.

"थू..."

मिन्ह का दिल एक पल के लिए रुक गया. उसने चारों तरफ देखा, लेकिन कोई नहीं था.

आवाज़ न ऊँची थी, न स्पष्ट. वह एक साथ हर तरफ से आती लगती थी, बाँस पर काँच पर साँस की तरह फिसलती हुई. मिन्ह धीरे से उठा, समझ न पाया कि भागे या रुके.

फिर एक और फुसफुसाहट आई.

"बाओ..."

और एक और.

"लिएन..."

ये नाम थे.

मिन्ह उन्हें जानता था. थू एक बूढ़ी औरत थी जो कुएँ के पास बैठकर कहानियाँ सुनाती थी. बाओ एक बढ़ई था जो पिछले साल गुज़र गया था. लिएन एक दाई थी, जिसका सभी सम्मान करते थे.

मिन्ह पीछे हट गया, उसकी त्वचा सिहर उठी.

उस रात उसने अपनी माँ को बताया जो उसने सुना था.

लान ने चुपचाप सुना, उसके हाथ चटाई तह करने में लगे रहे. जब वह खत्म हुआ, वह न हँसी, न उसे कहानियाँ बनाने पर डाँटा.

बजाय इसके, वह बहुत स्थिर हो गई.

"बाँस ने हमेशा याद रखा है," उसने अंत में कहा. "यह उन्हें याद रखता है जिन्होंने इसकी देखभाल की."

मिन्ह ने भौंहें चढ़ाईं. "लेकिन अभी क्यों?"

लान ने जवाब नहीं दिया.

अगले दिनों में, दूसरों ने भी बदलाव महसूस करने शुरू किए.

भोर में, जब किसान झुरमुट के पास से गुज़रते, वे कोहरे के साथ उठती बुदबुदाहट सुनते. रात को, जो लोग देर से घर लौटते, उन्हें लगता जैसे कुछ पीछे से धीरे-धीरे बुला रहा हो — डरावना नहीं, लेकिन आग्रहपूर्ण.

बुजुर्ग सबसे बड़े बाँस के खंभे के नीचे इकट्ठा हुए, उनके चेहरे गंभीर थे.

"यह शुरू हो गया," उनमें से एक ने कहा.

"क्या?" एक युवक ने पूछा.

"याद करना," बुज़ुर्ग ने जवाब दिया. "और भूलना."

जल्द ही स्पष्ट हो गया उसका क्या मतलब था.

जब कोई झुरमुट के पास सम्मान के साथ आता — एक तने पर हाथ रखता, अंदर जाने से पहले झुकता — तो बाँस धीरे से फुसफुसाता. वह उन लोगों के नाम बोलता जिन्होंने कभी

झुरमुट की देखभाल की थी — बहुत पहले गए लोग, आवाज़ें पानी से गूँज की तरह लौटतीं.

लेकिन जब दूसरे लापरवाही से आते — बिना रुके काटते, ज़ोर से हँसते, ज़रूरत से ज़्यादा लेते — तो बाँस चुप हो जाता.

एक भी पत्ता न हिलता. तनों के बीच से एक भी आवाज़ न निकलती.

वह चुप्पी भारी थी, बेचैन करने वाली — जैसे किसी कमरे से कोई अभी-अभी गुस्से में निकल गया हो.

पहले ग्रामीण बेचैन लेकिन जिज्ञासु थे. फिर छोटी-छोटी विपदाएँ आने लगीं.

जल्दबाजी में बनाई गई बाँस की बाड़ कुछ ही दिनों में टूट गई. एक ढोने का खंभा टूट गया और चावल कीचड़ में बिखर गया. एक छत की बल्ली आँधी में फट गई.

इनमें से कोई भी घटना विनाशकारी नहीं थी, फिर भी मिलकर वे एक पैटर्न बनाती थीं.

"बाँस ने हमसे मुँह फेर लिया है," ग्रामीणों ने फुसफुसाया.

मिन्ह ने कुछ और भी देखा.

बाँस अब उसके पिता का नाम नहीं बोलता था.

वह दिन-प्रतिदिन ध्यान से सुनता, इंतज़ार करता. झुरमुट कई नाम फुसफुसाता — कुछ जाने-पहचाने, कुछ लगभग भूले हुए — लेकिन वह नाम कभी नहीं.

यह बात उसे उससे भी अधिक परेशान करती थी जितनी वह बता सकता.

एक शाम उसने अपनी माँ से पूछा, "क्या बाँस लोगों को भूल जाता है?"

लान रुकी, उसके हाथ स्थिर हो गए.

"वह आसानी से नहीं भूलता," उसने कहा. "लेकिन स्मृति को भी देखभाल चाहिए, खेत की तरह."

मिन्ह ने इस बारे में सोचा.

उस रात उसने बाँस के झुरमुट का सपना देखा. सपने में तने पहाड़ों से भी ऊँचे थे, उनके पत्ते तारों को छू रहे थे. उनमें से आवाज़ें पाइपों में पानी की तरह बह रही थीं, लेकिन कुछ रास्ते बंद थे — सूखे और शांत.

जब वह जागा, सपना कोहरे की तरह उस पर चिपका रहा.

अगले दिन मिन्ह ने कुछ असाधारण किया.

वह झुरमुट में पानी का एक छोटा कटोरा और परिवार की वेदी से लिए हुए अगरबत्ती के एक बंडल को लेकर गया. उसे ठीक से नहीं पता था क्यों — केवल यह लगा कि ज़रूरी है.

झुरमुट के किनारे पर वह गहराई से झुका.

"मेरा नाम मिन्ह है," उसने ज़ोर से कहा, उसकी आवाज़ काँप रही थी. "मैं लान का बेटा हूँ. मैं सुनने आया हूँ."

बाँस हल्के से सरसराया.

मिन्ह ने अगरबत्ती जलाई और उसे मिट्टी में गाड़ दिया. उसने एक तने की जड़ में धीरे-धीरे पानी डाला.

फिर उसने बोलना शुरू किया.

उसने अपने पिता के बारे में बताया — उन कुछ यादों के बारे में नहीं जो उसके पास थीं, बल्कि उन कहानियों के बारे

में जो दूसरों ने उसे सुनाई थीं. कैसे उसके पिता ने बिना माँगे टूटी बाड़ें सुधारी थीं. कैसे उन्होंने आँधी के बाद बाँस के नए अंकुर फिर से लगाए थे. कैसे वह काम करते हुए गुनगुनाते थे, थके होने पर भी.

जैसे-जैसे मिन्ह बोलता रहा, झुरमुट हिला.

तनों से एक हवा गुज़री, और कई दिनों में पहली बार एक नई फुसफुसाहट उठी.

वह हल्की थी, लेकिन स्पष्ट.

उसके पिता का नाम.

मिन्ह के गालों पर आँसू बह गए.

मिन्ह के कार्यों की खबर तेज़ी से फैली.

कुछ ग्रामीणों ने उपहास किया. "लड़का रस्मों का खेल खेल रहा है," उन्होंने कहा. "शब्दों से क्या फर्क पड़ेगा?"

दूसरे, विशेषकर बुज़ुर्ग, सोच-समझकर देखते रहे.

जल्द ही एक महिला चावल की टोकरी लेकर झुरमुट के पास आई और अपनी दादी के बारे में बताया जिन्होंने कभी उसे बाँस को जड़ों को नुकसान पहुँचाए बिना काटना सिखाया था. बाँस ने जवाब में फुसफुसाया. एक आदमी आया और ज़ोर से माफी माँगी कि उसने अपने हिस्से से ज़्यादा लिया था. झुरमुट ने एक लंबी साँस ली, और हवा वापस आई.

धीरे-धीरे, गाँव बदलने लगा.

लोग झुरमुट के पास ज़्यादा देर रुकते, उन लोगों की कहानियाँ सुनाते जो पहले आए थे. बच्चों ने ऐसे नाम सीखे जो उन्होंने कभी नहीं सुने थे. अतीत, जो एक बार पतला और दूर था, घना और करीब होने लगा.

लेकिन स्मृति, एक बार जागने के बाद, देखभाल माँगती है.

एक मौसम में जब बारिश देर से आई और चावल संघर्ष करने लगे, बेसब्री फिर लौटी. कुछ ग्रामीण, कमी से डरकर, घाटी के पार बाज़ार में बेचने के लिए जल्दबाजी में बाँस काटने लगे.

झुरमुट ने पहले से भी गहरी चुप्पी से जवाब दिया.

कोई फुसफुसाहट नहीं आई. पत्तों से कोई हवा नहीं गुज़री.

बुजुर्ग फिर इकट्ठे हुए, लेकिन इस बार उन्होंने मिन्ह की ओर देखा.

"हमें क्या करना चाहिए?" उन्होंने पूछा.

मिन्ह ने थूक निगला. वह अभी भी एक बच्चा था, फिर भी झुरमुट ने उसे सुनने के लिए चुना था.

"हमें मिलकर याद करना होगा," उसने कहा. "केवल नाम नहीं — बल्कि कार्य भी."

और इसलिए ग्रामीणों ने कुछ ऐसा किया जो उन्होंने पहले कभी नहीं किया था.

उन्होंने हर महीने एक शाम बाँस के झुरमुट के पास इकट्ठा होने के लिए अलग रखी. वहाँ, लालटेनों की रोशनी में, वे कहानियाँ सुनाते — केवल मृतकों की नहीं, बल्कि जीवितों की भी. वे उन दयालुताओं की बात करते जो किसी ने नहीं देखी थीं, उस देखभाल की जो चुपचाप दी गई थी, उस धैर्य की जो तब दिखाया गया जब कोई नहीं देख रहा था.

वे नाम ज़ोर से बोलते ताकि वे फीके न पड़ें.

जैसे-जैसे कहानियाँ बढ़ती गईं, बाँस ने जवाब दिया.

उसकी फुसफुसाहट स्थिर हो गई, जैसे कोई नदी अपना रास्ता पा लेती है. उसके तने मज़बूत हुए, अधिक लचीले. उससे बनी चीज़ें टिकाऊ रहीं.

साल बीतते गए.

मिन्ह लंबा हो गया. उसकी आवाज़ गहरी हुई. उसने खेतों में काम करना सीखा, बाँस को उसी सावधानी से काटना सीखा जैसे उसके पिता करते थे. उसकी माँ बड़ी हुई, उसके बाल सफेद हो गए, लेकिन उसकी आँखें शांत रहीं.

एक दिन, जब मिन्ह घाटी के पार कोई काम सीखने के लिए गाँव छोड़ने की तैयारी कर रहा था, वह एक आखिरी बार झुरमुट में गया.

उसने झुका, एक जाने-पहचाने तने पर हाथ रखा, और धीरे से बोला.

"मैं याद रखूँगा," उसने वादा किया.

बाँस ने फुसफुसाया — इस बार कोई नाम नहीं, बल्कि एक आवाज़ जो स्वीकृति जैसी थी.

मिन्ह के जाने के बहुत बाद, उस गाँव से गुज़रने वाले यात्रियों ने कुछ अजीब देखा.

बाँस का झुरमुट एक तरह से जीवित लगता था जिसे वे समझा नहीं सकते थे. वह टूटे बिना झुकता था. बिना हवा के गाता था. और जो लोग उसके तनों के बीच चुपचाप खड़े होते, उन्हें एक पल के लिए लगता कि उन्हें पहचाना जा रहा है.

क्योंकि स्मृति, एक बार जड़ पकड़ ले, केवल अतीत की नहीं रहती.

वह उन लोगों की होती है जो इसे आगे ले जाने का चुनाव करते हैं.

वह नदी जिसने पुल से इनकार कर दिया

एक बार की बात है, लाल नदी के डेल्टा के एक दूरस्थ कोने में, जहाँ पहाड़ झुककर पानी को चूमते थे, एक नदी बहती थी — इतनी प्राचीन और पूजनीय कि लोग उसे जेड की माँ कहते थे. उसकी धाराएँ पन्ने जैसे हरे धान के खेतों के बीच चाँदी के धागों की तरह लहराती थीं, एक गाँव से दूसरे गाँव तक कमल की खुशबू और बच्चों की हँसी ले जाती थीं. उसके पूर्वी तट पर फुओक आन बस्ती थी, जहाँ चावल ऊँचा और सुनहरा उगता था; पश्चिमी तट पर थान्ह लोई खड़ा था, जो अपने रेशम बुनकरों और जंगल के जामुनों से निकाले गए नाजुक रंगों के लिए प्रसिद्ध था. उनके बीच, जेड की माँ दिन-रात बुदबुदाती रहती — संरक्षक और दाता, बराबर भय और प्रेम से पूजी जाती.

पीढ़ियों से, ग्रामीण उसके पानी को संकरी नावों में पार करते थे, नदी के आत्माओं की सतर्क नज़रों तले धीरे-धीरे डंडा चलाते हुए. प्रेमी लहरों के पार एक-दूसरे से नज़रें मिलाते; व्यापारी मछली और कपड़े का आदान-प्रदान करते; बुजुर्ग उन अजगरों की कहानियाँ सुनाते जो कभी नदी की तह में सोते थे. और हमेशा, हमेशा, गाने होते थे. भोर में महिलाएँ पत्थरों पर कपड़े धोते हुए गाती थीं; शाम को मछुआरे दिन भर की मछलियों के लिए आभार में आवाज़ उठाते; त्योहारों के दौरान हवा बाँस की बाँसुरियों, काँसे के ढोलों और रेशमी आओ ज़ाई पहने युवा लड़कियों के स्वच्छ, ऊँचे स्वरों से काँपती. नदी सुनती, और बदले में वह अपना मिज़ाज शांत रखती, अपनी बाढ़ सौम्य, अपने उपहार प्रचुर.

लेकिन समय पानी की चक्की के पहिये की तरह घूमता है, और समृद्धि जल्दबाज़ी लाती है. गाँव धनी हो गए. बैलों के काफिले चावल के बोझ और चमकते रेशम के थानों से कराहते. नावें अचानक आँधियों में उलट जाती थीं; सामान खो जाता था; यात्राएँ आधा दिन लेती थीं जबकि एक घंटे में हो सकती थीं. दोनों तटों के बुजुर्ग उस बड़े बरगद के नीचे इकट्ठा हुए जिसकी जड़ें पूर्वी तट पर फैली थीं और घोषणा की, "हम एक पुल बनाएँगे — पत्थर और सागौन का मज़बूत और टिकाऊ पुल — जो हमारे लोगों को एक कर दे."

खबर तेज़ी से फैली. हनोई से मास्टर निर्माता आए, चावल के कागज़ पर बनाई गई योजनाएँ और पक्के लोहे के औज़ार लेकर. सुपारी और अगरबत्ती के भेंट के साथ पहला पत्थर रखा गया. पुल गर्व से उठा — हंस की गर्दन जैसे ऊँचे मेहराब, कमल और अजगरों से नक्काशीदार खंभे, हाथियों के पार करने के लिए भी मज़बूत रेलिंग. उसकी लंबाई में लालटेनें टाँगी गईं, और निर्माण की शाम को ग्रामीण जुलूस में उसके ऊपर से गुज़रे, धन्यवाद के भजन गाते हुए.

फिर भी जब चाँद डूबा और पहली हल्की रोशनी पानी को छूने लगी, पुल गायब था. केवल टूटी हुई बल्लियाँ नीचे की ओर बह रही थीं, और पत्थर किसी गिरे हुए दानव के दाँतों की तरह बिखरे पड़े थे. लोगों ने तूफान की बात की, हालाँकि रात शांत थी; भूकंप की, हालाँकि ज़मीन नहीं काँपी थी.

उन्होंने फिर कोशिश की. इस बार उन्होंने दूर से इंजीनियरों को बुलाया जो विदेशी भूमि से सीखे नए तरीकों की बात करते थे. उन्होंने नदी की तह में लौह-काष्ठ के खंभे गहरे गाड़े, उन्हें आदमी की जाँघ जितनी मोटी रस्सियों से बाँधा, और पुल को लोहे की छाल के तख्तों से सजाया जो सड़न और बाढ़ पर हँसते थे. फिर ग्रामीणों ने जश्न मनाया, कागज़ की नावें भेंट में जलाईं. फिर, सुबह तक, केवल मलबा बचा था जो समुद्र की ओर बह रहा था.

तीसरा पुल आया — और भी भव्य, दोनों सिरों पर मीनारों के साथ और काँसे की ज़ंजीरें जो शल्कों पर धूप की तरह चमकती थीं. लोगों ने कोई कसर नहीं छोड़ी; यहाँ तक कि सबसे गरीब ने भी अपने आखिरी ताँबे के सिक्के दिए. ढोल बजे, पटाखे फूटे, और हवा खुशी से गूँजी. भोर में नदी का किनारा खाली था, सिवाय नरकट के बीच चमकते टूटे काँसे के कड़ों के.

फुओक आन और थान्ह लोई पर शाम की धुंध की तरह डर छा गया. बच्चों को पानी के पास खेलने से मना किया गया; नदी के मंदिरों पर भेंट दोगुनी हो गई; अब कोई पुल की बात

नहीं करता था. नावें धीमा व्यापार करती रहीं, और दोनों गाँव शरीर के साथ-साथ आत्मा में भी दूर होते गए.

फुओक आन में थी लान नाम की एक विधवा. उसके पति, मिन्ह, नदी पर सबसे अच्छे गायक थे — इतनी शुद्ध आवाज़ कि कहा जाता था मछलियाँ सुनने के लिए ऊपर आ जाती थीं. एक मानसून की रात उनकी नाव एक भँवर में उलट गई, और नदी ने उन्हें ले लिया. तब से लान अपने इकलौते बेटे, हाई के साथ चुपचाप रहती थी — जिसकी हँसी नरकट की परछाइयों जैसी फीकी पड़ गई थी. वह जड़ी-बूटियों और सुबह की बेलों का एक छोटा बगीचा सँभालती थी, अपने खंभों वाले घर की ठंडक में रेशम बुनती थी, और हर शाम जब झींगुर अपना संगीत शुरू करते, वह हाई को सोने तक पुराने गाने सुनाती — नदी की दयालुता के गाने, मिले प्रेमियों के, बाँटी गई फसलों के.

एक शरद ऋतु में, जब धान की बालियाँ भारी और सुनहरी झुकी हुई थीं, हाई बीमार पड़ गया. उसमें बुखार जल गया जिसे कोई लेप ठंडा नहीं कर सका. गाँव की वैद्य ने सिर हिलाया और क्रोधित आत्माओं की बात की. निराशा में, लान ने बेटे को अपनी बाँहों में उठाया और शाम को नदी के किनारे ले गई, जहाँ पानी पहले तारों को दर्पण की तरह दिखाता था. उसने हाई को बुने हुए सरकंडों की चटाई पर धीरे से लिटाया, साफ चावल की शराब का एक कटोरा धारा में उँडेला, और गाना शुरू किया — उज्ज्वल त्योहारी गाने नहीं, बल्कि वे गहरी, सबसे दुखद लोरियाँ जो उसके पति को प्रिय थीं.

उसकी आवाज़ नाजुक फिर भी सच्ची उठी, विलो के पेड़ों के बीच से गुज़रती. उसने खोने और तड़प का गाया, एक ऐसी नदी का जो कभी मानवीय खुशी पर नाचती थी और अब चुप्पी में बहती है. जैसे ही आखिरी स्वर काँपकर शांत हुआ, पानी की सतह थरथराई. हवा का एक झोंका आया हालाँकि हवा शांत थी, और लान ने अपने गाल पर किसी प्राचीन चीज़ की ठंडी साँस महसूस की.

फिर, मंद होती रोशनी में, उसने उन्हें देखा: पीले-पीले धुँधले चेहरे दोनों किनारों पर इकट्ठा थे जैसे वे कभी जीवन में इकट्ठा होते थे. लंबे काले बाल खुले रखे युवतियाँ, मछली की खाल के छोटे ढोल बजाती हुईं; बुजुर्ग पुरुष बाँस की बाँसुरियों में फूँक मारते; बच्चे खोखले लौकी पर ताल ठोकते; प्रेमी हाथ में हाथ लिए, सिकुड़ती दूरी के पार गाते. उनके वस्त्र चाँदनी में चमकते कोहरे जैसे थे, उनके चेहरे खुशी और असहनीय दुख दोनों लिए.

वे पुराने गायक थे, वे जिनके संगीत ने एक हज़ार साल तक नदी की आत्मा को पोषा था.

लेकिन अब किनारे खाली थे. युवा बाज़ारों की ओर भागते और धुनें भूल जाते; बूढ़े गाने अपने साथ लेकर चले जाते; त्योहार शांत हो गए थे, व्यापार की खटखटाहट ने उनकी जगह ले ली. नदी, उन आवाज़ों से वंचित जो उसका आईना और साथी थीं, उसी तरह शोक मनाती थी जैसे वह जानती थी — उस ठंडे, मौन पत्थर के बोझ को अस्वीकार करके जो उसके एकाकीपन को हमेशा के लिए बंद कर देता.

जैसे-जैसे दृश्य मिटा, लान के गालों पर आँसू बहे. उसे अंत में समझ आया: जेड की माँ क्रूर नहीं थी; वह दिल टूटी हुई थी.

उस रात उसने दोनों तटों के ग्रामीणों को टूटे तीसरे पुल की जड़ में बुलाया. मशाल की रोशनी में उसने उन्हें वह सब बताया जो उसने देखा और सुना था. कई रोए; दूसरों ने शर्म से सिर झुका लिया. थान्ह लोई की एक बूढ़ी रेशम-बुनकर ने पहले बोला: "हमने सोचा था प्रगति का मतलब भूलना है. हम गलत थे."

उन्होंने एक बार और कोशिश करने का फैसला किया — जल्दबाज़ी से नहीं, बल्कि श्रद्धा से.

इस बार काम धीमा और सोच-समझकर था. उन्होंने उन पेड़ों से लकड़ी चुनी जिन्होंने सदियों तक गाने सुने थे. हर

बल्ली में उन्होंने कविता की पंक्तियाँ तराशीं; हर रेलिंग में उन्होंने चाँदी की छोटी घंटियाँ जड़ीं जो हवा में बजतीं. मेहराबों पर उन्होंने सबसे पुरानी नदी धुनों के स्वर उकेरे, इतने स्पष्ट कि कोई भी राहगीर उन्हें पढ़ और गा सके. और जैसे-जैसे वे काम करते, वे गाते — सुबह से रात तक, आवाज़ें कई वर्षों में पहली बार मिलकर पानी के पार उठतीं. बच्चों ने वे पद सीखे जो उनके दादा-दादी लगभग भूल चुके थे; युवा पुरुषों और महिलाओं ने नवीनीकृत मित्रता के नए गाने रचे; दूर से आए निर्माता भी कोरस में शामिल हो गए, उनकी विदेशी जुबानें परिचित धुनें आकार देती थीं.

लान सबसे ज़्यादा गाती, उसकी आवाज़ हर दिन के साथ मज़बूत होती जाती, जब तक कि हाई, किनारे से देखते हुए, फिर से मुस्कुराने न लगा और बुखार उसे उतना ही चुपचाप छोड़ गया जितना चुपचाप सूर्योदय से पहले धुंध जाती है.

जब पुल पूरा हुआ, वह उनके बनाए सबसे भव्य पुलों में से नहीं था, लेकिन सबसे सुंदर था — पतला और धनुष जैसा झुका हुआ जैसे संगीत के लिए खींचा गया हो, फूलों की बेलों से ढका, उसकी घंटियाँ हर हवा में हल्के से बजती. भोर में लोगों ने उसे चुपचाप पार किया, डरते हुए कि रात क्या लाएगी. लेकिन पुल मज़बूती से खड़ा रहा, गुलाबी-सुनहरी रोशनी में नहाया, और नदी उसके खंभों को उसी कोमलता से चाटती जैसे माँ अपने बच्चे को सहलाती है.

उस दिन से, कोई भी बीच में रुककर गाए बिना नहीं गुज़रता — कम से कम एक पद, अक्सर पूरा गाना. त्योहार बिना रुके एक तट से दूसरे तट तक फैलते; शादियाँ पुल पर ही मनाई जाती थीं, ढोल पानी के ऊपर गूँजते; यहाँ तक कि थके यात्री भी बोझ हल्का पाते अपनी आवाज़ें अनंत कोरस में जोड़ने के बाद.

साल बीतते गए. हाई लंबा और मज़बूत हुआ, उसकी आवाज़ उसके पिता जितनी स्वच्छ. लान खूबसूरती से बूढ़ी हुई, उसके बाल नदी पर चाँदनी जैसे सफेद हो गए. और हालाँकि बाढ़ें आईं और मानसून उग्र रहे, पुल टिका रहा — न केवल

लकड़ी और पत्थर से, बल्कि उस जीवंत गाने के धागे से जिसने लोगों को उनकी नदी से और एक-दूसरे से बाँधा. शांत रातों में, जब पुल की लालटेनें धरती पर गिरे तारों की माला की तरह चमकती थीं, जो ध्यान से सुनते वे मानवीय आवाज़ों के नीचे एक गहरी गुनगुनाहट सुन सकते थे — जेड की माँ धीरे-धीरे जवाब में गाती, अंततः संतुष्ट.

और ऐसा ही है: हवा और पानी पर एक याद, कि सबसे मज़बूत पुल वे नहीं हैं जो चुप्पी में गढ़े जाते हैं, बल्कि वे जो मानव हृदय के टिकाऊ, नित-नवीन संगीत से बुने जाते हैं.

मछुआरा और चाँद का केकड़ा

शांत तट के उस किनारे पर, जहाँ मैंग्रोव की जड़ें रेत में उलझी रहती थीं और समुद्र लंबी गर्म शामों के नीचे धीरे-धीरे साँस लेता था, एक मछुआरा रहता था जिसका नाम अन था.

अन कम सामान और कम शब्दों वाला आदमी था. उसकी नाव सँकरी थी और वर्षों की ज्वार-भाटा से चिकनी हो चुकी थी. उसका घर गाँव के किनारे छोटे खंभों पर बना था—इतना पास कि साँझ के समय लोगों की धीमी आवाज़ें सुनाई दें, और इतना दूर कि रात गिरते ही वह फिर से सन्नाटे का हिस्सा बन जाए.

हर सुबह सूर्योदय से पहले वह अपनी नाव पानी में धकेल देता. हर शाम वह उतना ही लेकर लौटता जितना समुद्र उसे लेने देता.

गाँव वाले यह जानते थे—हालाँकि वे शायद ही कभी इसका ज़िक्र करते—कि अन एक स्वप्नदर्शी था.

हर रात अन गहरी नींद में डूबकर सपने देखता. उसके सपने अजीब या डरावने नहीं थे, बल्कि समृद्ध और भरे हुए थे, स्मृतियों और लालसाओं से बुने हुए. वह अपने माता-पिता को वैसे ही देखता जैसा वे कभी थे, अपनी पत्नी को देखता जो बहुत कम उम्र में मर गई थी, और समुद्र को सुनता जो बाँस पर चलती हवा की तरह कोमल आवाज़ में उससे बातें करता.

कभी-कभी वह उन स्थानों के सपने भी देखता जिन्हें उसने कभी देखा नहीं था, फिर भी किसी अजीब ढंग से पहचानता था.

जब वह जागता, तो वे सपने उसके साथ रहते, उसके दिनों को आकार देते.

अन मानता था कि सपने देखना जीवन का एक दूसरा रूप है—एक ऐसा जीवन जो नींद हमें बिना माँगे दे देती है.

एक रात, पूर्णिमा के समय, समुद्र बदल गया.

पानी अस्वाभाविक रूप से स्थिर था, जैसे चमकदार लकड़ी की सतह. चाँदनी उस पर एक फीकी राह की तरह फैल गई थी, मानो कहीं नहीं और हर जगह एक साथ जा रही हो.

अन ने उस रात मछली पकड़ने की योजना नहीं बनाई थी, फिर भी उसके सीने में एक हल्की बेचैनी उतर आई.

वह अकेला अपनी नाव लेकर निकल पड़ा.

जब उसने जाल डाला, तो वह सामान्य से अधिक गहराई तक डूब गया. जब वह उसे ऊपर खींचने लगा, तो उसे भार नहीं, बल्कि एक अजीब-सी गरमी महसूस हुई.

जाल की रस्सियों में धीरे-से उलझा हुआ एक केकड़ा था—उसकी खुली हथेली से बड़ा नहीं.

उसका खोल हल्के से चमक रहा था, जैसे चाँदनी उसके भीतर ही बसती हो. वह चमक नरम और रजत-सी थी, न तेज़, न चुभने वाली.

केकड़े ने कोई संघर्ष नहीं किया. वह बस अपनी गहरी, स्थिर आँखों से अन को देखता रहा.

अन को अपनी दादी की एक बात याद आई, जो उन्होंने कभी जाल ठीक करते समय कही थी:

"समुद्र ऐसे उपहार देता है जो दिन के उजाले के लिए नहीं होते."

अन ने बस एक पल सोचा.

फिर उसने केकड़े को समुद्र के पानी से भरी लकड़ी की बाल्टी में रख दिया और अपनी नाव किनारे की ओर मोड़ ली.

उस रात अन गहरी नींद सोया—और उसने कोई सपना नहीं देखा.

शुरू में उसने इस पर ध्यान नहीं दिया.

अगली सुबह और भी बदलाव लेकर आई. उसके जाल पहले से कहीं अधिक भरे हुए थे. मछलियाँ मानो स्वयं उसके हाथों की ओर चली आती थीं. बाज़ार में खरीदार बिना शिकायत के अच्छी कीमत देते थे.

उसकी नाव की एक पुरानी दरार भी नई तारकोल से ऐसे भर गई जैसे वह कभी रही ही न हो.

गाँव वाले आपस में धीरे-धीरे बातें करने लगे.

“समुद्र अन पर मेहरबान है,” वे कहते.

हर पूर्णिमा की रात बाल्टी में रखा केकड़ा और अधिक चमकने लगता. वह कुछ खाता नहीं था. वह कमजोर नहीं पड़ता था. ऐसा लगता था कि वह केवल चाँदनी से ही जीवित है.

पर अन की रातें खाली होने लगीं.

नींद तो आती थी, पर सपने नहीं आते थे. कोई आवाज़ वापस नहीं आती थी. कोई स्मृति नहीं उठती थी. कोई चेहरा दिखाई नहीं देता था.

उसकी रातें अँधेरी और शांत हो गईं—जैसे लंबे समय से छोड़े गए कमरे.

सप्ताह बीतते गए.

अन की किस्मत बढ़ती गई. उसने अपना घर ठीक कराया, नए जाल खरीदे, और एक मज़बूत नाव ले ली.

लेकिन उसके भीतर कुछ पतला होने लगा. उसकी आँखों की गहराई कम हो गई. उसके दिन लंबे और भारी लगने लगे.

एक शाम, जब वह समुद्र किनारे से घर लौट रहा था, एक बूढ़ी औरत ने उसे रोक लिया.

"तुम ऐसी रोशनी लिए फिर रहे हो जो तुम्हारी नहीं है," उसने धीरे से कहा."और तुमने कुछ पीछे छोड़ दिया है."

अन ने कुछ नहीं कहा.

अगली पूर्णिमा की रात केकड़े की चमक उसकी झोंपड़ी को भरने लगी, दीवारों पर फीकी छायाएँ डालते हुए.

अन लंबे समय तक उसे देखता रहा.

"मैंने बदले में क्या दिया है?" उसने फुसफुसाकर पूछा.

उस रात उसने फिर सपना देखा—लेकिन पहले जैसा नहीं.

वह एक ऐसे किनारे पर खड़ा था जहाँ कोई तारे नहीं थे. उसके हाथों में कुछ चमक रहा था.

जैसे-जैसे वह प्रकाश तेज़ हुआ, उसकी परछाईं मिटने लगी.

जब उसने पुकारने की कोशिश की, तो कोई आवाज़ नहीं निकली.

वह धड़कते दिल के साथ जाग गया.

अब भय ने अंततः आराम को पीछे छोड़ दिया.

अगली रात, फिर पूर्णिमा के नीचे, अन बाल्टी लेकर समुद्र की ओर चला.

पानी उसके टखनों के चारों ओर चमकने लगा जब वह उसमें उतरा.

"मैं वह लौटा रहा हूँ जो कभी मेरा था ही नहीं," उसने कहा."मुझे वह वापस दे दो जो मैंने खो दिया है."

केकड़ा धीरे-धीरे बाल्टी के किनारे पर चढ़ आया. उसकी चमक मंद हो गई.

और अन ने महसूस किया—किसी आवाज़ की तरह नहीं, बल्कि एक समझ की तरह—कि एक विचार उसके मन में उतर रहा है.

"सपने वह जगह हैं जहाँ स्मृति विश्राम करती है.जहाँ स्मृति रहती है, वहाँ प्रकाश ठहर नहीं सकता."

केकड़ा पानी में उतर गया और गायब हो गया.

उस रात के बाद से अन की किस्मत फिर पहले जैसी हो गई. कुछ दिन अच्छे होते, कुछ कठिन. जाल फटते. नावें पुरानी होती जातीं. समुद्र वही रहता जो वह हमेशा से था.

और अन के सपने लौट आए.

वे अब पहले से कम थे, अधिक शांत—लेकिन कहीं अधिक गहरे.

जब वह अपनी पत्नी का सपना देखता, तो उसका चेहरा पहले से अधिक स्पष्ट दिखाई देता. जब वह समुद्र का सपना देखता, तो उसकी आवाज़ कोमल और धैर्यपूर्ण होती.

पूर्णिमा की रातों में अन समुद्र किनारे बैठता और पानी को देखता.

दूर कहीं, कभी-कभी, सतह के नीचे एक हल्की चमक झिलमिला उठती—न बुलाती, न कुछ देती—बस याद दिलाती हुई. क्योंकि धन हाथों में रखा जा सकता है,पर सपनों को लौटने के लिए मुक्त ही छोड़ना पड़ता है.

और अन ने फिर कभी उधार की रोशनी को स्थायी सौभाग्य नहीं समझा.

वह पर्वत जो भोर में अपना रूप बदल लेता था

बहुत समय पहले, धुंध से ढकी उन ऊँची पहाड़ियों में जहाँ बादल शिखरों से रेशमी घूँघटों की तरह लिपटे रहते थे, एक पर्वत खड़ा था जिसे पहाड़ी जनजातियाँ "स्वप्न देखने वाला" कहती थीं.

वह लहरदार पहाड़ियों के बीच अकेला उठता था. उसकी ढलानों पर प्राचीन रोडोडेंड्रॉन के वृक्ष और चाँदी जैसी छाल वाले देवदार उगे थे, जो हवा से मानो रहस्य फुसफुसाते रहते थे. दिन के समय वह किसी भी अन्य पर्वत जैसा ही दिखाई देता—गंभीर और अटल—कभी छायाओं में लिपटा, कभी सूर्य के प्रकाश में नहाया हुआ, मानो नीचे की संकरी घाटियों का मौन रक्षक हो.

किन्तु हर भोर, जब पूर्वी आकाश में पहली फीकी रोशनी उभरती, स्वप्न देखने वाला पर्वत धीरे-धीरे अपना आकार बदल लेता, जैसे कोई सोया हुआ व्यक्ति रात में करवट बदलता है. उसकी चोटियाँ और धाराएँ मुड़ती-सिमटतीं, फिर फैल जातीं.

चारों ओर बसे छोटे-छोटे गाँवों के लोग शाम की आग के पास धीमी आवाज़ में उसकी चर्चा करते थे. कुछ कहते थे कि वहाँ एक महान आत्मा निवास करती है जो हर सुबह संसार को नए सपने में रचती है. कुछ का मानना था कि पर्वत उसी रूप को धारण करता है जो देखने वाले के हृदय में छिपा होता है.

पर कोई भी उसके असली स्वरूप पर सहमत नहीं था.

जो लोग उसकी ढलानों पर चढ़कर लौटे, वे ऋतुओं की तरह भिन्न-भिन्न कथाएँ लेकर आए. किसी ने वहाँ झुका हुआ बाघ देखा, किसी ने सोई हुई युवती, तो किसी ने एक कुंडली मारे हुए अजगर को जो किसी छिपे खज़ाने की रक्षा कर रहा था.

व्यापारी और योद्धा जो उसकी चोटी पर यश या सोने की खोज में गए, उन्हें केवल खड़ी चट्टानें और विश्वासघाती कुहासा मिला—और कई तो कभी लौटे ही नहीं.

पर्वत के तल पर बसे एक छोटे से शांत गाँव में खोई नाम का एक युवा चरवाहा रहता था.

वह न तो साहसी था, न महत्वाकांक्षी. वह संतोष से अपनी बकरियों के छोटे से झुंड को नीचे के घास के मैदानों में चराता, और बाँसुरी पर सरल धुनें बजाता रहता जबकि दिन धीरे-धीरे बीत जाते.

खोई को न धन की चाह थी, न प्रसिद्धि की. उसके सुख बस इतने ही थे—वसंत में खिलने वाले जंगली ऑर्किड, पत्थरों पर गाते हुए निर्मल झरने, और सांझ ढलते समय माँ के चूल्हे की गर्माहट.

उसका पिता बहुत पहले पर्वत में कहीं खो गया था. कहा जाता था कि वह उसके भीतर छिपी जेड की नसों की खोज में गया था. इसी कारण खोई के मन में कभी उस राह पर चलने की इच्छा नहीं जगी.

एक शरद ऋतु में, जब पत्तियाँ आग और सोने के रंग में बदल रही थीं, गाँव में एक अजनबी आया.

वह नीची भूमि का एक युवा राजकुमार था—कीमती रेशमी वस्त्रों में लिपटा हुआ, और उसके साथ नौकर थे जो रस्सियाँ, औज़ार और सुनहरे नक्शे उठाए हुए थे.

उसने स्वप्न देखने वाले पर्वत के रहस्यों के बारे में अफवाहें सुनी थीं—कि उसका असली रूप असीम रत्नों से भरी एक गुफा का रास्ता दिखाता है, या शायद अमरता का कोई झरना.

"मैं इस पर्वत को जीत लूँगा," उसने गाँव वालों से कहा."और इसके खज़ाने मेरे होंगे."

गाँव के बुज़ुर्गों ने उसे शांत स्वर में चेताया.

"यह पर्वत केवल उन्हें अपना रहस्य दिखाता है जो कुछ भी पाने की इच्छा नहीं रखते."

पर राजकुमार हँस पड़ा. उसने मार्गदर्शकों के लिए चाँदी के सिक्के पेश किए और भोर होते ही अपने दल के साथ निकल पड़ा.

खोई ने मैदानों से उन्हें ऊपर चढ़ते देखा. उनकी आवाज़ें धीरे-धीरे पहाड़ों में गूँजती रहीं.

उस रात वे वापस नहीं लौटे.

और न ही अगली रात.

कुछ ही समय में गाँव वालों ने उनका नाम लेना भी बंद कर दिया.

सर्दी आई और ऊँची पहाड़ियों को बर्फ से ढक दिया.

उसी समय खोई की माँ को एक लंबी खाँसी ने जकड़ लिया. कोई जड़ी-बूटी उसे ठीक नहीं कर सकी.

गाँव के वैद्य ने धीरे से सिर हिलाया.

"एक दुर्लभ फूल है," उसने कहा, "चाँद का ऑर्किड. वह केवल पर्वत की सबसे ऊँची ढलानों पर खिलता है. यदि उसे निर्मल हृदय से तोड़ा जाए, तो वह किसी भी रोग को दूर कर सकता है."

फिर उसने चेतावनी दी—

"पर उसका मार्ग खतरनाक है, और पर्वत अपने उपहारों की रक्षा करता है."

खोई के भीतर एक शांत संकल्प जागा.

न यश के लिए, न किसी इनाम के लिए—बल्कि अपनी माँ के प्रेम के कारण.

उसने एक छोटा सा गठरी बाँधी: थोड़ा चावल, अपनी बाँसुरी, और बकरी के ऊन से बुना एक गर्म चोगा.

भोर की पहली आहट पर वह अकेला पर्वत की ओर चल पड़ा.

जैसे-जैसे वह ऊपर चढ़ता गया, संसार शांत होता गया.

उसके कदमों में कोई लालसा नहीं थी. वह अक्सर रुक जाता—कभी पेड़ों में बहती हवा सुनने के लिए, कभी किसी उत्सुक गिलहरी के साथ भोजन का टुकड़ा बाँटने के लिए.

जब कुहासा घिर आता, तो वह जल्दबाज़ी नहीं करता, बल्कि धैर्य से प्रतीक्षा करता और अपनी बाँसुरी पर धीमी धुनें बजाता.

पर्वत मानो उसके चारों ओर साँस ले रहा था.

चट्टानें हल्के-हल्के खिसकतीं, और रास्ते वहाँ उभर आते जहाँ पहले कुछ नहीं था.

वह और ऊपर गया—जमे हुए झरनों और सफेद धूल से ढके मैदानों को पार करता हुआ—जब तक कि सूरज क्षितिज पर गुलाबी और सुनहरी रोशनी के साथ नहीं उगा.

तभी उसने पहली बार स्वप्न देखने वाले पर्वत का असली रूप देखा.

वह न बाघ था, न अजगर.

न कोई युवती, न खज़ाने का ढेर.

वह एक शांत और गंभीर मुख था—एक प्राचीन संरक्षक का चेहरा, जो जीवित पत्थर में उकेरा हुआ था.

उसका ललाट एक मैदान जितना विस्तृत था. उसकी आँखें गहरे सरोवरों की तरह थीं जो आकाश को प्रतिबिंबित करती थीं. उसके होंठों पर एक हल्की, जानकार मुस्कान थी.

और उसके गाल की वक्रता में चाँद का ऑर्किड खिला हुआ था—मंद, उज्ज्वल, जैसे वह खोई का स्वागत कर रहा हो.

खोई बिना भय और बिना लोभ के आगे बढ़ा.

उसने पर्वत के सामने झुककर धन्यवाद कहा और सावधानी से एक फूल तोड़ लिया.

उसी क्षण पर्वतों में एक हल्की गूँज उठी—क्रोध की नहीं, बल्कि संतोष की.

फूल उसकी हथेली में हल्के से चमकने लगा.

नीचे उतरना चढ़ाई से कहीं आसान था.

रास्ते स्वयं खुलते गए, और कुहासा चाँदी के परदों की तरह हटता गया.

दोपहर तक खोई गाँव पहुँच गया.

उसने उस फूल से सुगंधित चाय बनाई.

हर घूँट के साथ उसकी माँ की शक्ति लौट आई. उसके गालों में फिर से रंग आ गया—मानो सर्दी के बाद वसंत लौट आया हो.

खोई की यात्रा की कहानी धीरे-धीरे पूरे पहाड़ों में फैल गई.

पर उसने कभी प्रशंसा नहीं चाही.

जब कोई उससे पर्वत के रहस्य पूछता, वह केवल मुस्कराता और कहता—

"पर्वत स्वयं को उसी को दिखाता है जो खाली हाथ और खुले हृदय के साथ चढ़ता है."

समय बीतता गया.

राजकुमार के झंडे नीचे की चट्टानों पर मुरझा गए और लताओं में छिप गए.

पर स्वप्न देखने वाला पर्वत हर भोर अपना रूप बदलता रहा.

और साफ़ सुबहों में, यदि घाटियों से ध्यान से सुना जाए, तो कभी-कभी एक हल्की धुन सुनाई देती—

एक चरवाहे की बाँसुरी.

मानो वह पर्वत के उस शाश्वत गीत को दोहरा रही हो, जो विनम्रता और कृतज्ञता की कहानी कहता है.

और यही सत्य आज भी जीवित है—

कि संसार के सबसे बड़े चमत्कार विजेताओं को नहीं,बल्कि उन यात्रियों को दिखाई देते हैंजो केवल आवश्यक चीज़ की खोज करते हैंऔर बदले में कृतज्ञता अर्पित करते हैं.

— ६० —

वह स्त्री जिसने वर्षा बुनी

एक घाटी में जहाँ पहाड़ियाँ मुड़े हुए कपड़े की तरह धीरे-धीरे उठती थीं और नदी कभी सहज धैर्य के साथ बहती थी, एक स्त्री रहती थी जिसका नाम माई था.

माई एक बुनकर थी.

उसका घर गाँव के किनारे पर खड़ा था, हवा और रोशनी के लिए खुला. अंदर, एक करघा अधिकांश जगह घेरे हुए था — उसका लकड़ी का ढाँचा वर्षों के उपयोग से चिकना हो गया था, उसके धागे मौन इरादे की तरह कसे हुए थे. भोर से लेकर दोपहर बाद तक, माई वहाँ काम करती थी — उसके हाथ स्थिर लय में चलते, उसकी आँखें तनाव या पैटर्न में छोटे से बदलाव पर सतर्क.

वह चटाइयाँ, शाल, समारोहों और अंत्येष्टि के लिए कपड़ा बुनती थी. उसके काम की पहचान उसके संतुलन से थी — न कुछ अतिरिक्त, न कुछ जल्दबाज़ी में. बुज़ुर्ग कहते थे कि उसके कपड़े के रेशों में शांति रहती है.

माई अकेली रहती थी. उसने कभी शादी नहीं की — दुख या कड़वाहट से नहीं, बल्कि इसलिए कि उसे कोई ऐसी कमी महसूस नहीं होती थी जिसे भरना ज़रूरी हो. उसके दिन जैसे थे, वैसे ही पूरे थे.

कहा जाता था कि माई ने बुनाई अपनी दादी से सीखी थी, जिन्होंने बदले में एक ऐसी स्त्री से सीखी थी जिसका नाम खो चुका था. लेकिन माई जो जानती थी, वह तकनीक से परे था. वह हवा को सुनती, नमी की खिंचाव को, उन बादलों के बोझ को जो अभी बने नहीं थे. उसकी उँगलियाँ उन पैटर्न का अनुसरण करती थीं जिन्हें वह शब्दों में नहीं समझा सकती थी.

एक मौसम में, जब वह पड़ोसी गाँव के लिए एक लंबा समारोही कपड़ा बुन रही थी, कुछ असाधारण हुआ.

जैसे ही माई ने आखिरी पंक्ति पूरी की, हवा बदल गई. पहाड़ियों से एक धीमी गड़गड़ाहट गुज़री. शाम तक, बादल

इकट्ठे हो गए जहाँ उस सुबह कोई नहीं था. बारिश आई — पहले धीरे, फिर लगातार — हफ्तों से सूखी ज़मीन को भिगोती.

ग्रामीण कृतज्ञ थे लेकिन उन्होंने ज़्यादा ध्यान नहीं दिया. बारिश आती-जाती है, आखिरकार.

लेकिन जब अगले दिन कपड़ा सूखने के लिए टाँगा गया, बारिश फिर लौटी. जब उसे तह करके अलग रख दिया गया, आसमान साफ हो गया.

माई ने ध्यान दिया.

उसने सावधानी से परखा. उसने साफ आसमान के नीचे कपड़ा टाँगा. बादल बने. उसने हटाया. बादल पतले हो गए.

कपड़ा बारिश को आदेश नहीं देता था — वह उसे आमंत्रित करता था.

माई ने यह किसी को नहीं बताया.

उसने कपड़े को लपेटा और घर में ऊँचाई पर रख दिया, जिज्ञासु हाथों से दूर. वह पहले की तरह बुनती रही, हालाँकि अब वह अधिक ध्यान से सुनती — आकाश को, भूमि को, उस हल्की बेचैनी को जो उसके सीने में बसने लगी थी.

फिर सूखा आया.

पहले यह साधारण था. कुछ हफ्ते बिना बारिश के. नदी थोड़ी नीचे गई. किसान इंतज़ार करते रहे.

फिर महीने बीत गए.

नदी पतले, काले धाराओं में सिकुड़ गई. धान की बालियाँ पीली पड़ गईं. कुएँ कड़वे हो गए. पहाड़ियों ने अपनी कोमलता खो दी, उनकी घास धूप में कुरकुरी हो गई.

गाँव पुराने अजीर के पेड़ की छाँव में इकट्ठा हुआ.

"हमें प्रार्थना करनी चाहिए," कुछ ने कहा.

"हमें और गहरा खोदना चाहिए," दूसरों ने कहा.

"हमें इंतज़ार करना चाहिए," बुज़ुर्गों ने निष्कर्ष निकाला.

माई चुप सुनती रही.

रात को वह जागती लेटी रहती, ज़मीन को उथली साँस लेते सुनती, जैसे थामे हुए हो.

अंत में, जब नदी छोटी नावें भी नहीं उठा सकती थी, एक बच्चा प्यास से बेहोश हो गया. उस रात माई ने वर्षा-कपड़ा उसकी छुपाई जगह से निकाला.

वह गाँव के बीच में गई और उसे बाँस के खंभे पर टाँग दिया.

भोर तक, बारिश आई.

पहले धीरे बरसी, फिर बढ़ते आत्मविश्वास के साथ. धरती ने गहराई से पिया. नदी हिली. पत्तियों ने सिर उठाए.

ग्रामीण खुश हुए.

"माई ने बारिश बुलाई है," उन्होंने कहा. "उसकी बुनाई में आकाश है."

वे उसके लिए खाना, पानी, उपहार लाए. उन्होंने उससे कपड़ा फिर टाँगने को कहा जब बारिश धीमी पड़े.

माई ने मना नहीं किया.

हर बार जब उसने कपड़ा उठाया, बारिश लौटी.

खेत फिर से जीवित हुए. कुएँ भर गए. गाँव ने फिर साँस ली.

लेकिन कुछ और बदलने लगा.

घाटी के परे, तूफान वहाँ इकट्ठा हुए जहाँ वे पहले कभी नहीं थे. और कहाँ नदियाँ बहुत तेज़ी से उफन गईं. पहाड़ी ढलानें ढह गईं. नीचे की ओर मछुआरों ने उन ज्वारों की बात की जो अब चाँद की नहीं मानते थे.

बुजुर्गों ने संकेत देखे.

"आकाश अशांत है," उन्होंने कहा. "संतुलन बिगड़ रहा है."

एक शाम, जब माई कपड़ा उतार रही थी, एक बूढ़ी स्त्री उसके पास आई.

"तुम बारिश बुनती हो," उसने कहा. "लेकिन क्या तुम उसकी अनुपस्थिति भी बुनती हो?"

माई ने जवाब नहीं दिया.

उस रात वह कई वर्षों में पहली बार सपने में गई.

वह एक विशाल करघे के सामने खड़ी थी जो क्षितिज तक फैला हुआ था. रोशनी और छाया के धागे अनंत रूप से एक-दूसरे को काटते थे. जब भी वह एक को बहुत कसकर खींचती, दूसरा टूट जाता.

जब वह जागी, कपड़ा उसके हाथों में भारी था.

सूखे ने फिर से आने की धमकी दी. ग्रामीण फिर आए, उनके चेहरे चिंतित.

"टाँगो इसे," उन्होंने विनती की. "बस एक बार और."

माई ने आकाश को देखा. वह पीला था, अनिश्चित — खाली नहीं, बल्कि प्रतीक्षारत.

उसने घाटी के परे की पहाड़ियों के बारे में सोचा, उन नदियों के बारे में जो उसने कभी नहीं देखी थीं. उसने उस बारिश

के बारे में सोचा जो वहाँ गिर रही थी जहाँ उसकी ज़रूरत नहीं थी, और उस सूखेपन के बारे में जहाँ बारिश चुरा ली गई थी.

उस रात वह अकेली गाँव के ऊपर की पहाड़ी पर चढ़ी.

शिखर पर, उसने एक अंतिम बार कपड़ा उठाया.

बारिश तेज़ी से आई, नीचे की ज़मीन को धोती. गाँव थोड़े समय के लिए सुरक्षित रहेगा.

फिर माई ने कुछ ऐसा किया जिसकी किसी ने अपेक्षा नहीं की.

उसने कपड़ा फाड़ दिया.

हिंसा से नहीं, बल्कि सावधानी से — एक-एक धागा. उसने इसके पैटर्न अलग किए, रेशों को सादे धागे में लौटने दिया. उसने उन्हें ज़मीन पर रखा और झुककर प्रणाम किया.

बारिश धीमी हुई. फिर रुक गई.

जब वह गाँव लौटी, लोग चुप थे.

"तुमने क्या किया?" उन्होंने पूछा.

"मैंने आकाश को उसे वापस लौटा दिया," माई ने जवाब दिया.

जो मौसम बाद में आए वे अनिश्चित थे, लेकिन ईमानदार. बारिश तब आती जब वह तैयार होती. कभी-कभी देर हो जाती. कभी-कभी अचानक आ जाती. ज़मीन ने फिर से सीखा — कैसे इंतज़ार करना है, कैसे जमा करना है, कैसे बाँटना है.

माई बुनती रही — लेकिन फिर कभी उन पैटर्न से नहीं जो आकाश को बुलाते थे.

कहा जाता है कि उस समय से, उसके कपड़े में एक अलग गुण आ गया: बारिश को बुलाने की शक्ति नहीं, बल्कि उसकी अनुपस्थिति सहने की बुद्धि.

और घाटी ने एक शांत सत्य सीखा:

कि संसार को बहुत जल्दी बचाना उसे उतनी ही तेज़ी से नष्ट कर सकता है, और संतुलन, एक बार टूट जाए, तो सूखे से भी मुश्किल से ठीक होता है.

डेल्टा का मौन नगाड़ा

बहुत समय पहले, मेकोंग डेल्टा की उस विशाल और हरित धरती में, जहाँ चाँदी-सी चमकती जलधाराएँ पृथ्वी की नसों की तरह बल खाती हुई बहती थीं और हवा में धान के फूलों और कमल की सुगंध घुली रहती थी, वहाँ अन थान्ह नाम का एक गाँव बसा हुआ था.

उसके घर मौसमी बाढ़ों से बचाने के लिए मज़बूत खंभों पर बने थे. उनके छप्पर धूप में सोने जैसे चमकते थे, और तटबंधों के किनारे नारियल के पेड़ आलस भरी हवा में झूमते रहते थे, मानो ज्वार-भाटे को अनंत लोरियाँ सुना रहे हों.

गाँव के बिल्कुल मध्य में एक सामुदायिक सभा-भवन खड़ा था—गहरे सागौन की लकड़ी और बुने हुए बाँस से बना एक विशाल मंडप. उसकी दीवारें खुली थीं ताकि हवा के साथ-साथ किंगफ़िशर पक्षियों की पुकार और दूर नहरों में कूदती मछलियों की छपाक भीतर तक आ सके.

इसी मंडप की मुख्य बीम से लटका था एक महान अनुष्ठानिक नगाड़ा, जिसे पूरे डेल्टा में "जल की वाणी" के नाम से जाना जाता था.

कहा जाता था कि यह नगाड़ा बहुत प्राचीन काल में एक विशाल सागौन के तने से तराशकर बनाया गया था और उस पर एक पवित्र भैंसे की खाल चढ़ाई गई थी.

उसकी सतह पर अद्‌भुत नक्काशियाँ बनी थीं—लहराते नदी-ड्रैगन, खिलते कमल, स्वप्न जैसे तैरते बादल, और वे सर्प जो दृश्य और अदृश्य लोकों की सीमाओं की रक्षा करते थे.

अनगिनत पीढ़ियों से यह नगाड़ा अन थान्ह गाँव की आत्मा था.

उसकी गूँजती ध्वनि सुबह की धुंध में मछुआरों को बुलाती जब तूफान का खतरा मंडराता.नए वर्ष और भरपूर फसल के स्वागत में वह कोमल गर्जना की तरह गूँजता.अंत्येष्टि के समय वह धीमी और शोकपूर्ण लय में बजता, मानो मृत

आत्माओं को जल के पार पूर्वजों तक पहुँचाने का मार्ग दिखा रहा हो.

और जब आनंद के अवसर आते—शादियाँ, पूर्णिमा के उत्सव, यात्रियों की वापसी—तो वह इतनी जीवंत ध्वनि में गूँजता कि आकाश में उड़ते बगुले भी चक्कर काटने लगते और बच्चे तारों के फीके पड़ने तक नाचते रहते.

हर वर्ष, जब फसल का चाँद सबसे पूर्ण और उज्ज्वल होता, गाँव के बुज़ुर्ग मंडप के नीचे इकट्ठा होकर नगाड़े के नए संरक्षक का चयन करते.

चुना गया व्यक्ति—चाहे स्त्री हो या पुरुष, युवा हो या वृद्ध—गाँव के सामने चावल की मदिरा और धूप की सुगंध के बीच एक गंभीर शपथ लेता.

वह प्रतिज्ञा करता—

कि वह नगाड़ा केवल सामूहिक भलाई के लिए ही बजाएगा,कभी अभिमान, क्रोध या स्वार्थ के लिए नहीं.कि वह उसकी ध्वनि को नदी की आत्माओं का उपहार मानेगा.और सबसे बढ़कर—कि वह उसके प्रत्येक आघात के बीच की मौनता को उतनी ही गहराई से सुनेगा जितनी उसकी ध्वनि को, क्योंकि उसी मौन में जल की बुद्धि छिपी है.

कई वर्षों तक अनेक संरक्षक निष्ठापूर्वक सेवा करते रहे.

पर एक वर्ष, फसल के मौसम में, यह दायित्व एक युवा पुरुष तुआन के हिस्से आया.

तुआन की भुजाएँ नहरों में नावें धकेलते-धकेलते मज़बूत हो चुकी थीं, और उसकी कलाईयाँ हवा में झूमती विलो की डालियों जैसी लचीली थीं.

जब वह उत्सवों में नगाड़ा बजाता, तो उसकी ध्वनि पहले से कहीं अधिक गहरी और सच्ची सुनाई देती. उसकी गूँज

खेतों और धान की मेड़ों के पार तक फैल जाती और पड़ोसी गाँवों से लोग उसे सुनने चले आते.

लोगों की प्रशंसा उसके पीछे लहरों की तरह चलती, और धीरे-धीरे उसके हृदय में अभिमान जमने लगा—वैसे ही जैसे नदी की तलहटी में चुपचाप गाद जम जाती है.

एक उमस भरी शाम, अपने पड़ोसी से खेतों की मेड़ को लेकर हुए झगड़े के बाद तुआन क्रोध में उबलता हुआ वहाँ से चला गया.

शब्द काँटेदार काँटों की तरह हवा में तैर रहे थे, और क्रोध के साथ-साथ लज्जा भी उसके भीतर जल रही थी.

संध्या गहराने लगी.

जुगनू चमकने लगे.

तुआन अकेला सामुदायिक मंडप में पहुँचा.

नगाड़ा हमेशा की तरह शांत लटका हुआ था.

क्रोध में उसने मुँगरियाँ उठाईं और उसे बजाना शुरू किया—न समुदाय को बुलाने के लिए, न किसी अनुष्ठान के लिए—बल्कि अपने क्रोध को शोर में डुबाने के लिए.

एक के बाद एक प्रहार गिरते गए.

भारी, असंगत, उग्र.

जब तक कि उसकी भुजाएँ दर्द से काँपने न लगीं.

अगली सुबह जब नया दिन शुरू हुआ, नगाड़े से कोई आवाज़ नहीं निकली.

मुँगरी उसके ऊपर पड़ी—पर केवल एक फीकी, बेजान ध्वनि.

गाँव में खबर फैल गई.

लोग इकट्ठा हुए.

उन्होंने सागौन की लकड़ी को चमकाया, रस्सियों को कसकर बाँधा, धूप जलाई, और मीठे चावल व फल अर्पित किए.

उन्होंने पुराने गीत गाए.

अनुष्ठानिक नृत्य किए.

पर नगाड़ा मौन रहा.

ऋतुएँ बदलती रहीं.

उत्सव शांत गुजरते गए.

अंत्येष्टियाँ फुसफुसाहटों में सम्पन्न होने लगीं.

बाढ़ की चेतावनी अब लोगों की पुकार से दी जाती.

धीरे-धीरे गाँव पर एक गहरा विषाद छा गया.

वर्ष बीतते गए.

बच्चे जन्मे जिन्होंने कभी उस महान नगाड़े की ध्वनि नहीं सुनी.

उसी नई पीढ़ी में एक लड़की थी—लिन्ह.

वह केवल नौ वर्ष की थी.

उसके बाल आधी रात जैसे काले थे और आँखें सांझ के शांत जलाशयों जितनी गहरी.

लिन्ह अक्सर अकेली नहरों के किनारे बैठती.

वह जलकुंभी को बहते देखती.

मछलियों के हल्के उछाल सुनती.

ड्रैगनफ्लाई के चमकते पंखों को निहारती.

उसकी दादी कहा करती थीं कि जब लिन्ह का जन्म हुआ था, उस रात भयंकर मानसून चल रहा था—पर जैसे ही उसने पहली बार रोया, तूफान अचानक शांत हो गया.

मानो आकाश भी उसकी आवाज़ सुनने को ठहर गया हो.

एक शाम, जब फसल का चाँद फिर पूर्ण और उज्ज्वल था, लिन्ह अकेले उस पुराने मंडप में चली गई.

अन्य बच्चे अब वहाँ नहीं आते थे.

वे कहते थे कि मौन से क्रोधित आत्माएँ वहाँ भटकती हैं.

पर लिन्ह को भय नहीं लगा.

केवल एक शांत आकर्षण.

चाँदनी मंडप में उतर रही थी.

नगाड़े की नक्काशियाँ जीवित प्रतीत हो रही थीं.

लिन्ह धीरे-धीरे उसके पास गई.

उसने मुँगरियाँ नहीं उठाईं.

इसके बजाय उसने अपना कान धीरे से नगाड़े की सतह से लगा दिया.

उसने आँखें बंद कीं.

और सुना.

पहले तो केवल छत में बाँस की हल्की चरमराहट थी.

पानी की लहरों की ध्वनि,

उसके अपने छोटे हृदय की धड़कन.

फिर—और भी गहराई में—कुछ हिला.

उसने उस रात का क्रोध सुना.

अंत्येष्टियों की अनकही पीड़ा.

उत्सवों की दबाई हुई खुशी.

टूटे वादों का दुःख.

और नगाड़े की प्राचीन आकांक्षा—

कि उसे केवल पीटा न जाए,बल्कि सुना जाए.

लिन्ह पूरी रात वहीं रही.

धीरे-धीरे नगाड़े की सतह उसके कान के नीचे गर्म होने लगी.

भोर से ठीक पहले—

एक हल्की धड़कन हुई.

फिर उसने धीरे से अपने हाथ नगाड़े पर रखे और फुसफुसाई—

"मैं तुम्हें सुनती हूँ.मैं हमेशा सुनूँगी."

उसी क्षण नगाड़े ने उत्तर दिया.

एक गहरी, अनुगूँजित ध्वनि उठी.

पहले धीमी—

फिर बढ़ती हुई.

वह गर्जना नहीं थी.

वह एक ऐसी ध्वनि थी जिसमें स्वीकार, क्षमा और संतुलन की लय थी.

गाँव के दरवाज़े खुल गए.

लालटेनें जल उठीं.

लोग आश्चर्य से मंडप में आ गए.

और उस दिन से जल की वाणी फिर कभी मौन नहीं हुई.

लिन्ह बड़ी होकर एक शांत और बुद्धिमान स्त्री बनी.

वह बच्चों को सिखाती—

जल की भाषा सुनना,ठहराव में छिपी बुद्धि समझना,और मौन में छिपे संगीत को पहचानना.

और यद्यपि लिन्ह ने कभी स्वयं नगाड़ा नहीं बजाया, लोग कहते थे—

कि उसकी सबसे मधुर ध्वनि तभी उठती थीजब वह पास बैठकर बस सुनती रहती.

और इस प्रकार अन थान्ह के लोगों ने एक सत्य सीखा—

कि कुछ घाव बल या शोर से नहीं भरते,बल्कि उस साहस से भरते हैंजो लंबे समय से मौन में छिपी बातों को सुनने का धैर्य रखता है.

और मेकोंग डेल्टा की जलधाराओं के बीच, जहाँ जल और आकाश की छवियाँ एक-दूसरे में घुल जाती हैं,वह नगाड़ा आज भी धड़कता है—

एक गाँव की धड़कन बनकर,और उन सभी के लिए जो खुले हृदय से सुनना सीखते हैं.

वह बाघ जो धान के खेतों की रक्षा करता था

निचली भूमि में, जहाँ नदी समुद्र से मिलने से पहले चौड़ी होकर धीमी पड़ जाती थी, एक गाँव बसा हुआ था. उसके चारों ओर धान के खेत फैले थे, जो धूप में ऐसे चमकते थे मानो पृथ्वी पर बिछे दर्पण हों.

धरती उपजाऊ थी, पर नाजुक भी. हर मौसम सावधानी, धैर्य और मौसम की कृपा पर निर्भर करता था.

सबसे बाहरी मेड़ के पार, जहाँ खेत सरकंडों और घने जंगल में बदल जाते थे, वहाँ एक बाघ रहता था.

किसी को याद नहीं था कि वह कब आया था.

गाँव के बुजुर्ग कहते थे कि वह हमेशा से वहीं था—पेड़ों के बीच छाया की तरह चलता हुआ, उन आँखों से सब कुछ देखता हुआ जिनसे कुछ भी छिप नहीं सकता था.

वह कभी घरों के पास नहीं आया.

उसने कभी पशुओं को नहीं मारा.

वह दिन के उजाले में कभी रास्ते नहीं पार करता था.

फिर भी गाँव का हर बच्चा उसके अस्तित्व के साथ बड़ा होता था.

लोग उसे "रात्रि प्रहरी" कहते थे.

साँझ के समय, जब किसान खेतों से लौटते और रसोई के धुएँ आसमान में उठने लगते, बाघ जंगल से निकलता.

वह धान के खेतों की सीमाओं पर धीरे-धीरे चलता—विशाल और मौन.

उसकी धारियाँ अँधियाते धरती में लगभग खो जातीं.

कुत्ते सिसकते हुए पीछे हट जाते.

जल भैंसे स्थिर खड़े हो जाते.

और रात के बाद कोई भी—न मनुष्य, न पशु—खेतों को पार करने की हिम्मत नहीं करता.

और धान की फसल कभी नहीं छुई जाती.

जंगली सूअर, जो कभी नई पौधों को नष्ट कर देते थे, गायब हो गए.

हिरण दूर रहने लगे.

यहाँ तक कि पड़ोसी गाँवों के भूखे लोग भी बाघ के रास्ते को पार करने के बजाय भूखा रहना पसंद करते.

गाँव वाले बाघ से डरते थे.

पर वे समृद्ध भी हो रहे थे.

फसलें भरपूर थीं.

अनाज के भंडार भरे रहते.

बच्चे भूखे नहीं सोते.

जब बुजुर्ग आपस में धीमी आवाज़ में बात करते, तो कुछ एक बात स्वीकार करते जिसे कोई खुलकर नहीं कहता—

बाघ उनकी रक्षा कर रहा था.

पर भय अक्सर कृतज्ञता को विषैला बना देता है.

माएँ बच्चों को जंगल के पास जाने से मना करतीं.

देर से लौटते मछुआरे जल्दी-जल्दी कदम बढ़ाते.

एक रात बाहरी झोपड़ियों के पास एक बकरी गायब हो गई.

फुसफुसाहटें फैल गईं.

"बस समय की बात है," कुछ लोगों ने कहा."आख़िर बाघ, बाघ ही होता है."

एक मौसम में कुछ अजनबी आए.

वे पहाड़ी इलाकों से आए थे.

उनके पास बंदूकें और फंदे थे.

उन्होंने कहा कि वे शिकारी हैं, जिन्हें जंगली जानवरों से परेशान गाँवों ने बुलाया है.

"हमने तुम्हारे बाघ के बारे में सुना है," उन्होंने कहा."हम तुम्हें उससे मुक्त कर सकते हैं."

गाँव वाले बरगद के पेड़ के नीचे इकट्ठा हुए.

शिकारियों ने सुरक्षा की बातें कीं.

मन की शांति की बातें कीं.

ऐसी रातों की बातें कीं जिनमें डर न हो.

उन्होंने बच्चों के स्वतंत्र खेलने की कल्पना की.

उन्होंने कहा कि लोग बिना छाया देखे चल सकेंगे.

उन्हें केवल अनुमति चाहिए थी.

बुजुर्गों ने देर रात तक बहस की.

"यदि हम उन्हें अनुमति दें," एक ने कहा,"तो हम अपने धान के रक्षक को खो देंगे."

दूसरे ने कहा,"यदि हम मना करें, तो हम अपनी जान दाँव पर लगाते हैं."

उस रात जंगल असामान्य रूप से शांत था.

सुबह, गाँव की सबसे वृद्ध स्त्री मई अकेले खेतों के किनारे चली गई.

वह इतनी वृद्ध थी कि उसे वे दिन याद थे जब धान की फसल मुश्किल से पेट भरती थी.

उसने धरती पर हाथ रखा और फुसफुसाई—

"यदि तुमने हमारी रक्षा की है, तो अब बोलो."

उस रात बाघ पहले से कहीं अधिक पास आया.

उसने दहाड़ा नहीं.

उसने दाँत नहीं दिखाए.

वह जंगल और खेत की सीमा पर बैठ गया और गाँव की आग की लपटों को देखता रहा.

कुत्ते नहीं भौंके.

अगली सुबह मई ने गाँव से कहा—

"बाघ ने हमसे कभी कुछ नहीं लिया.उसने कभी कुछ नहीं माँगा.उसने हमारी रक्षा की है."

किसी ने उत्तर दिया—

"पर हम उससे डरते हैं."

मई ने शांत स्वर में कहा—

"भूख भी डराती है."

फिर भी कई दिलों में भय ने पहले ही निर्णय ले लिया था. शिकारियों को अनुमति दे दी गई.

उस रात उन्होंने जंगल की सीमा पर फंदे लगाए.

लोहे के जबड़े पत्तों के नीचे छिपे थे.

बंदूकें साफ की गईं.

गाँव के दरवाज़े बंद कर दिए गए.

चाँद पूर्ण था.

बाघ आया.

वह वैसे ही चला जैसे हमेशा चलता था—धीरे, सावधानी से.

पर भूमि बदल चुकी थी.

मिट्टी की गंध अलग थी.

हवा में लोहे और तेल की गंध थी.

बाघ रुक गया.

कुछ क्षणों तक सब स्थिर रहा.

फिर वह पीछे मुड़ने के बजाय आगे बढ़ा.

एक फंदा बंद हुआ.

उसकी आवाज़ खेतों में गूँज गई.

बाघ ने दहाड़ा—क्रोध में नहीं, बल्कि पीड़ा और चेतावनी में. उसने गाँव पर हमला नहीं किया.

वह बस एक बार संघर्ष करके शांत हो गया.

शिकारियों ने बंदूकें उठाईं.

तभी मई दौड़ती हुई आई.

"रुको!" उसने पुकारा.

शिकारी ठिठक गए.

बाघ ने अंतिम बार खेतों की ओर देखा.

उसकी आँखें धान के खेतों, पानी और चाँदनी में झुके अनाज पर ठहर गईं.

फिर वह गिर पड़ा.

सुबह होने तक बाघ गायब था.

शिकारी अपने शिकार का प्रमाण लेकर चले गए.

जंगल फिर शांत हो गया.

कुछ समय तक गाँव वाले राहत महसूस करते रहे.

बच्चे स्वतंत्र घूमने लगे.

पुरुष हँसने लगे.

भय धीरे-धीरे ढीला पड़ गया.

फिर जंगली सूअर लौट आए.

वे रात में खेतों को खोदने लगे.

हिरण आए.

बंदरों ने धान तोड़ना शुरू कर दिया.

चोरों ने अँधेरे का लाभ उठाया.

फसलें नष्ट होने लगीं.

फंदे लगाए गए.

रात भर आग जलाई गई.

लोग पहरा देने लगे.

पर हर रात खेतों की रक्षा करना संभव नहीं था.

अगले मौसम तक फसल कमजोर हो गई.

मई फिर खेतों के किनारे खड़ी हुई.

उसने जंगल की ओर देखा और धीरे से कहा—

"सुरक्षा के कई रूप होते हैं.और उनमें से हर एक आरामदायक नहीं होता."

उस दिन से गाँव ने अपनी आदतें बदल दीं.

उन्होंने मज़बूत मेड़ें बनाईं.

पहरे बाँटे.

जंगल और खेतों के बीच अतिरिक्त खेत लगाए.

पर रातें कभी पहले जैसी नहीं रहीं.

कभी-कभी पूर्णिमा की रातों में, जब हवा सही दिशा में बहती है, गाँव वाले कहते हैं कि वे खेतों के किनारे छाया में धारियाँ देख लेते हैं. कोई आवाज़ नहीं आती.

कोई धान नहीं लिया जाता.

बस एक रक्षक की स्मृति रह जाती है—

जिसने कभी कुछ नहीं माँगा.

और उस निर्णय की कीमत,

जिसमें विश्वास के बजाय भय को चुना गया.

क्योंकि जो सुरक्षा बिना बल के मिलती है,

उसे पहचानना सबसे कठिन होता है—और खो देना सबसे आसान.

— ६ —

वह तैरता हुआ दीपक जो कभी नहीं डूबा

बहुत समय पहले, नदी किनारे बसे एक गाँव में, जहाँ महान नदी का जल चौड़ा और शांत बहता था और रोते हुए विलो वृक्षों की शाखाएँ उसके ऊपर झुकी रहती थीं, वहाँ एक नाविक रहता था जिसका नाम बे था. उसके हाथ वर्षों की मेहनत से कठोर हो चुके थे—दिन में धान की बोरियाँ ढोते हुए और रात में प्रेमियों को नदी पार ले जाते हुए. बे की एक पत्नी थी जिसकी हँसी कभी मंदिर की घंटियों की तरह गूँजती थी, और एक बेटी थी जिसका नाम माई था—छोटी, चमकीली और किंगफिशर पक्षी जैसी चपल, जिसकी आँखों में स्वयं नदी की चमक बसती थी. पर अचानक आई बाढ़ के मौसम में, जब वर्षा बिना दया के बरसी, नदी की धारा उन्हें अपने साथ बहा ले गई—उनकी नाजुक नाव को गहराइयों में खींचते हुए, उससे पहले कि बे उन्हें बचा पाता.

उस दिन के बाद से बे की दुनिया शांत हो गई. वह बहुत कम बोलता था, यहाँ तक कि उन पड़ोसियों से भी नहीं जो उसके लिए मछली का सूप लेकर आते और चुपचाप सांत्वना देते. उसकी नाव पहले की तरह सामान ढोती रही, पर उसके गीत समाप्त हो गए, और उसकी आँखें हमेशा उस दूर क्षितिज पर टिक जातीं जहाँ नदी मुड़कर दृष्टि से ओझल हो जाती थी. शोक ने उसे एक भारी चादर की तरह ढक लिया था, और वे शब्द जिन्हें उसे सबसे अधिक कहना था—विदाई, क्षमा और अटूट प्रेम—उसके होंठों के पीछे बंद रह गए, इतने भारी कि बोले ही नहीं जा सके.

हर वर्ष, सातवें महीने की पूर्णिमा की रात, गाँव वाले भटकती आत्माओं के सम्मान में तैरते दीपकों का उत्सव मनाते थे. परिवार नदी के किनारे इकट्ठा होते, बाँस और चावल के कागज़ से नाजुक दीप-पात्र बनाते, जिनमें एक छोटी मोमबत्ती जलती रहती. उन पर वे मृत प्रियजनों के नाम या मौन प्रार्थनाएँ लिखते और फिर उन्हें नदी की धारा पर छोड़ देते. वे दीपक सुनहरे जुगनुओं की तरह पानी पर डोलते हुए बहते, अपने संदेश उस पार तक ले जाते जहाँ पूर्वज प्रतीक्षा करते थे, और अंततः नीचे की अँधेरी धारा में विलीन हो जाते—जीवितों और मृतकों दोनों के लिए एक कोमल मुक्ति.

बे ने इस अनुष्ठान में केवल एक बार भाग लिया था—अपनी हानि के पहले वर्ष में. उसने एक बड़ा दीपक बनाया, जिसके कागज़ पर कमल के फूल और उड़ते हुए एक छोटे किंगफिशर का चित्र बना था. भीतर उसने शुद्ध मधुमोम की मोमबत्ती रखी और माई का नाम फुसफुसाते हुए उसे जल पर छोड़ दिया. पर वह अधिक कुछ कह नहीं सका; बड़े शब्द उसके गले में अटक गए, और वह मुड़ गया जबकि दीपक अन्य दीपकों के साथ बहता चला गया. वर्ष बीतते गए, और बे फिर कभी उस उत्सव में नहीं गया. वह अपने खंभों पर बने घर से देखता रहता कि कैसे दीपक बहते हुए गुज़रते हैं, उनकी रोशनी उन स्मृतियों की तरह टिमटिमाती जिन्हें वह छूने का साहस नहीं करता था.

एक शरद संध्या, जब पूर्णिमा का चाँद फिर से उज्ज्वल होकर उगा, बे के हृदय में पहले से भी गहरा दर्द उठा. शायद यह हवा की ठंडक थी, या विलो वृक्षों का झुकना जैसे वे भी शोक में हों. उस रात वह अकेले नदी किनारे गया, गाँव के उत्सव से दूर, और चुपचाप एक दीपक बनाया. इस बार वह साधारण था—सादा कागज़, एक अकेली मोमबत्ती—पर उसमें उसने अपने हृदय की सारी अनकही कोमलता भर दी. नदी के किनारे घुटनों के बल बैठकर उसने बाती जलाई और दीपक को पानी पर छोड़ते हुए धीरे से कहा, "तुम्हारे लिए, मेरी छोटी बच्ची... और उसके लिए भी." उसे लगा कि वह दीपक अन्य दीपकों की तरह बह जाएगा और समुद्र की ओर चली धारा में खो जाएगा. पर वह ठहर गया. धारा उसे खींचती रही, पर दीपक जैसे किसी अदृश्य डोरी से किनारे के पास बँधा रहा. बे आश्चर्य से उसे देखता रहा—वह लहरों के साथ उठता-बैठता था, पर आगे नहीं बढ़ता था.

रात गहराती गई. दूर से ढोल और हँसी की आवाज़ें धीरे-धीरे मिट गईं, पर दीपक वहीं रहा, उसकी लौ स्थिर और अडिग. बे घर लौटने को उठा, पर जब वह मुड़ा, तो दीपक भी उसके साथ-साथ चलने लगा—चुपचाप किनारे के साथ बहता हुआ, उसके धीमे कदमों के साथ कदम मिलाता हुआ. उसके मन में बेचैनी उठी, फिर भी वह उसे बुझाने का साहस नहीं कर पाया. अगली सुबह धुंधली और ठंडी थी. बे बाज़ार जाने के लिए

अपनी नाव लेकर नीचे की ओर चला. आश्चर्य से उसने देखा कि दीपक उसकी नाव के पीछे-पीछे बह रहा है, चाहे वह कितनी भी तेज़ क्यों न खे ले. किनारे खड़े लोग उँगली उठाकर फुसफुसाते; बच्चे दौड़ते हुए उस ज़िद्दी रोशनी पर हँसते जो न डूबती थी न दूर जाती थी. शाम तक जब बे अपनी नाव घाट पर बाँधकर लौटा, दीपक फिर उसके पास आकर ठहर गया—उसकी लौ पहले की तरह उज्ज्वल.

दिन सप्ताहों में बदल गए. बे जहाँ भी जाता—जलकुंभी से भरी संकरी नहरों में, चौड़ी धाराओं पर जहाँ बगुले मछलियाँ पकड़ते थे, या बाँस की छाया वाले शांत जलाशयों में—दीपक उसके पीछे चलता. न हवा उसे बुझा सकी, न वर्षा. न कोई लहर उसकी लौ को डुबा सकी. रात में वह उसके खंभों पर बने घर के बाहर मंडराता रहता, और उसकी रोशनी दीवारों के बीच से भीतर उतरती जैसे पहरा दे रही हो. पड़ोसी तरह-तरह की बातें करने लगे. कुछ कहते कि यह माई की आत्मा है जो अपने पिता को छोड़ना नहीं चाहती; कुछ कहते कि नदी स्वयं उस दीपक को बाँधे हुए है, जैसे कोई अधूरा ऋण माँग रही हो. बे चुपचाप सब सुनता रहा, पर उसके भीतर का संघर्ष बढ़ता गया. उसे नींद नहीं आती; अनकहे शब्द उसके हृदय पर और भारी पड़ते, जैसे जाल में फँसे पत्थर. एक तूफ़ानी रात, जब बादल गरज रहे थे और वर्षा छप्पर पर कोड़ों की तरह बरस रही थी, बे अब और सह नहीं सका. वह सीढ़ी उतरकर नदी किनारे आया, जहाँ दीपक वर्षा के बीच शांत जल रहा था, उसकी लौ किसी चमत्कार की तरह अडिग. बिजली चमकी और उस क्षणिक उजाले में बे को लगा—या शायद उसने कल्पना की—कि दीपक की रोशनी में दो आकृतियाँ झलक रही हैं: एक स्त्री जिसकी मुस्कान कोमल थी, और एक बच्ची जो छोटे हाथ बढ़ा रही थी.

कीचड़ में घुटनों के बल गिरकर, वर्षा की परवाह किए बिना, बे ने अंततः वे शब्द कह दिए जिन्हें वह वर्षों से रोके हुए था. उसकी आवाज़ टूटती लहरों जैसी थी: "माई, मेरी सबसे उजली रोशनी... और तुम, मेरी जीवनसंगिनी... मुझे क्षमा करो. मैं तुम्हें बचा नहीं सका, पर मैंने कभी तुम्हें प्रेम करना बंद नहीं

किया. शांति से जाओ, यह जानकर कि तुम हमेशा मेरे भीतर जीवित हो. विदा, मेरे प्रियजन. विदा."

उसकी आँखों से आँसू बह निकले, वर्षा के साथ मिलते हुए. और जैसे ही अंतिम शब्द उसके होंठों से निकला, एक गहरी शांति उतर आई. तूफ़ान थम गया. बादल हट गए और चाँद साफ़ आकाश में चमकने लगा. एक क्षण के लिए दीपक की रोशनी और तेज़ हुई, जैसे उत्तर दे रही हो. फिर वह धीरे-धीरे आगे बढ़ गया. इस बार वह सचमुच धारा के साथ बह चला—शांत, सुंदर, उसकी लौ धीरे-धीरे धुंधली होती हुई—जब तक कि वह चाँदनी की चाँदी-सी लकीर में मिलकर नदी के मोड़ के पार ओझल नहीं हो गया. बे भोर तक वहीं बैठा रहा, उसके मन का बोझ वर्षों बाद हल्का हुआ था. उस रात के बाद से वह फिर हर वर्ष उत्सव में भाग लेने लगा. वह दीपक बनाता, उन्हें जलाता और अपने संदेश खुलकर बोलता. और यद्यपि कोई दीपक फिर कभी उसका पीछा नहीं करता, शांत शामों में कभी-कभी उसे नदी पर दूर एक हल्की चमक दिखाई देती—एक क्षणिक प्रकाश जो उसके थके हुए चेहरे पर मुस्कान ला देता.

और इस प्रकार गाँव वालों ने धीरे-धीरे एक सत्य सीखा—जो पीढ़ी दर पीढ़ी दीपक की लौ की तरह फुसफुसाहटों में आगे बढ़ता रहा—कि कुछ बोझ केवल समय से हल्के नहीं होते, बल्कि उस साहस से हल्के होते हैं जो प्रेम के शब्दों को अँधेरे में बोल देता है.

और उस महान नदी पर, जहाँ धाराएँ दुख और सांत्वना दोनों को साथ लेकर बहती हैं, तैरते दीपक आज भी अपनी यात्रा जारी रखते हैं—यह स्मरण दिलाते हुए कि सच्ची मुक्ति तब मिलती है जब हृदय अंततः अपनी प्रिय रोशनियों को स्वतंत्र कर देता है.

तट की नमक-हवा

पूर्वी तट के किनारे, जहाँ ज़मीन रेत और मैंग्रोव की लंबी उँगलियों में सिकुड़ जाती थी और समुद्र लकड़ी के घाटों से साँस लेता था, एक हवा चलती थी जिसे ग्रामीण नमक-हवा कहते थे.

वह हर दिन नहीं आती थी, न हर मौसम में. वह बिना चेतावनी के आती थी, आमतौर पर शाम को, खुले समुद्र की तीखी खुशबू लेकर. जब वह गुज़रती, छतों, जालों और त्वचा पर एक बारीक सफेद परत छोड़ जाती — इतनी हल्की कि लगभग अदृश्य, फिर भी होठों को चुभाने के लिए काफी.

बुज़ुर्ग कहते थे कि हवा में नमक केवल समुद्र से नहीं, बल्कि स्मृति से भी आती है.

"जो भी इसे छूती है," वे चेताते थे, "वह आसानी से नहीं मिटता."

ज़्यादातर लोगों ने नमक-हवा के आने पर दरवाज़े बंद करना सीख लिया था. वे ढीले कपड़े बाँधते, अपने घड़े ढकते, और इसके गुज़रने का इंतज़ार करते. लेकिन नाविक, जो अपना जीवन हवा और पानी के सामने बिताते थे, इससे हमेशा बच नहीं सकते थे.

उन नाविकों में से एक था — थान्ह.

थान्ह समुद्र में पैदा हुआ था. उसके पिता ने उससे पहले मछली पकड़ी थी, और उसके दादा ने उससे भी पहले. वह गंध से ज्वार जानता था, आकाश में उड़ती चिड़ियों के रुख से तूफान की आहट पाता था. उसकी नाव पुरानी लेकिन वफादार थी, उसकी लकड़ी वर्षों के नमक और धूप से काली पड़ चुकी थी.

थान्ह जो अपने भीतर रखता था वह दूसरों को दिखता नहीं था — वह था एक हानि.

कुछ साल पहले, उसका छोटा भाई उसके साथ एक रात निकला था जब मौसम सुरक्षित लगा था. हवा अचानक बदल गई. लहरें दीवारों की तरह उठीं. अफरातफरी में रस्सी छूट गई,

और थान्ह उस तक पहुँचने से पहले ही समुद्र ने उसके भाई को ले लिया.

गाँव ने शोक मनाया. समय आगे बढ़ा.

लेकिन थान्ह नहीं बढ़ा.

उसने भाई का जाल रखा — फटा हुआ और बेकार. उसका चाकू रखा — जंग लगा लेकिन काफी तेज़. और उस रात की याद को जीवित रखा — तीखी और बिना नरम हुई.

जब नमक-हवा आती, थान्ह अपना दरवाज़ा बंद नहीं करता था.

वह बाहर खड़ा होता और उसे अपने ऊपर से बहने देता.

उसने कुछ अजीब देखा. नमक-हवा के हर दौरे के बाद, उसकी यादें और स्पष्ट हो जाती थीं. उसके भाई की आवाज़ विस्तार में लौटती. उस रात की लहरों की आवाज़ और तेज़ होती. यहाँ तक कि गीली रस्सी की महक भी वापस आती जैसे कोई समय न गुज़रा हो.

हवा, लगता था, जो भी छूती थी उसे सुरक्षित रखती थी.

थान्ह ने उसका स्वागत किया.

उसने जानबूझकर नमक-हवा की तलाश करना शुरू किया. जब हवा बदलती और क्षितिज धुँधला पड़ता, वह अपनी नाव निकालता और हवा को पाल भरने देता. हर बार, उसकी यादें गहरी होती जातीं, जैसे नमक लगाकर सड़न से बचाकर रख दी गई हों. दूसरे नाविकों ने ध्यान दिया.

"तुम ऐसे आदमी लगते हो जो कभी नहीं भूलता," एक ने कहा.

थान्ह ने सिर हिलाया. "मैं नहीं भूलना चाहता."

उसकी मछलियाँ कम होती गईं, लेकिन उसे परवाह नहीं थी. जो मायने रखता था वह उसकी आँखों के पीछे था, जालों में नहीं.

एक शाम, एक बूढ़ी औरत किनारे पर उसके पास आई. वह सूखी मछली और समुद्री जड़ी-बूटियाँ बेचती थी, और उसकी पीठ वर्षों से झुकी हुई थी.

"तुम हवा को बहुत करीब रखते हो," उसने कहा.

थान्ह ने कंधे उचकाए. "यह मेरे पास जो बचा है उसे रखती है."

औरत ने सिर हिलाया. "नमक सुरक्षित रखता है — लेकिन कठोर भी करता है."

थान्ह ने जवाब नहीं दिया.

अगली बार जब नमक-हवा आई, वह सामान्य से ज़्यादा देर रही. वह रात भर चलती रही, गाँव की छतें सफेद करती, जालों को अकड़ाती, होठों को तब तक सुखाती जब तक वे फट न गए.

उस रात, थान्ह ने सपना देखा — लेकिन जैसा उसने सोचा था वैसा नहीं.

वह अपनी नाव के डेक पर खड़ा था, लेकिन समुद्र शांत था. उसका भाई उसके पास खड़ा था, अपरिवर्तित, आँखें स्पष्ट.

"तुम मुझे बहुत अच्छी तरह याद रखते हो," उसके भाई ने कहा.

थान्ह ने उसके लिए हाथ बढ़ाया — लेकिन उसके हाथ नमकीन हवा से गुज़र गए.

जब थान्ह जागा, उसके मुँह में नमक का स्वाद था. उसका सीना तंग महसूस हुआ.

अगले दिनों में अजीब चीज़ें होने लगीं.

थान्ह ने खुद को छोटी-छोटी बातें भूलने में असमर्थ पाया. उससे कहे गए हर कठोर शब्द तेज़ी से लौटते. हर गलती खुद को दोहराती. पुराने झगड़े, पुरानी शर्म, पुराने पछतावे — कुछ भी नहीं मिटता.

नमक ने सब कुछ सुरक्षित रख लिया था.

नींद आराम नहीं देती थी. यादें यादों पर चढ़ती थीं, सब एक समान तीखी.

ग्रामीणों ने उसका बदलाव देखा.

"तुम बहुत ज़्यादा उठाए हो," उन्होंने कहा.

थान्ह झल्ला उठता, चिड़चिड़ा, थका हुआ.

एक दोपहर, नाव मरम्मत करते समय, उसने अपने हाथ काँपते देखे. उसकी उँगलियों के नीचे की लकड़ी भंगुर लगी, अत्यधिक सूखी.

उस रात नमक-हवा फिर लौटी.

थान्ह किनारे पर खड़ा हुआ और अंत में ज़ोर से बोला.

"तुम मुझसे क्या चाहती हो?"

हवा ने जवाब दिया — शब्दों में नहीं, बल्कि एहसास में. उसकी यादें उमड़ पड़ीं, भारी, बिना दया के परत-दर-परत. खुशी और दुख एक साथ दबे जब तक दोनों साँस न ले सकें.

थान्ह घुटनों पर गिर पड़ा.

भोर में वह बूढ़ी औरत के पास गया.

"मैं इस तरह नहीं जी सकता," उसने कहा. "अगर याद मिटती है, तो मैं उसे खो देता हूँ. अगर नहीं मिटती, तो मैं खुद को खो देता हूँ."

औरत ने सुना.

"समुद्र लेता है," उसने कहा. "लेकिन वह छोड़ना भी सिखाता है. नमक उसे सुरक्षित रखता है जो टिकना चाहिए — लेकिन कुछ यादें पानी में वापस जाने के लिए होती हैं."

उसने उसे एक छोटा मिट्टी का घड़ा दिया.

"आज रात," उसने कहा, "चुनो क्या रखना है."

उस शाम, जब नमक-हवा फिर उठी, थान्ह घड़ा लेकर किनारे पर गया. उसके अंदर उसने भाई का जाल, रस्सी का एक टुकड़ा, और अपने बालों की एक लट रखी थी.

वह तब तक इंतज़ार करता रहा जब तक हवा उसके खिलाफ ज़ोर से न दबी.

फिर उसने घड़ा खोला और उसकी सामग्री समुद्र में जाने दी.

"मुझे तुम याद हो," उसने धीरे से कहा. "लेकिन मैं अपनी ज़िंदगी को तुम्हारी अनुपस्थिति में नमक नहीं करूँगा."

हवा बदली. पहली बार, वह बिना ठहरे गुज़र गई.

उस रात थान्ह ने हल्का सपना देखा. उसका भाई एक बार और दिखा — मुस्कुराता हुआ, पहले से मुड़ता हुआ.

जब थान्ह जागा, याद बची रही — लेकिन नरम, अब काटती नहीं.

उस दिन से, थान्ह ने नमक-हवा आने पर अपना दरवाज़ा बंद कर लिया. उसने कुछ यादें सूखी रखीं, और कुछ को ज्वार में वापस जाने दिया.

उस तट पर, लोग अभी भी कहते हैं कि नमक-हवा में सुरक्षित रखने की शक्ति है. लेकिन वे यह भी कहते हैं कि बुद्धि इस बात में नहीं है कि क्या हमेशा के लिए रखा जाए —

बल्कि इस बात में है कि क्या छोड़ा जाए, ताकि जीवित लोग साँस लेते रह सकें.

स्तूप के नीचे रहने वाला कछुआ

बहुत समय पहले, नदी किनारे बसे एक शांत नगर में, जहाँ हवा में धूप और फ्रेंजीपानी के फूलों की हल्की सुगंध तैरती रहती थी, एक प्राचीन स्तूप खड़ा था जिसका नाम थिएन क्वांग था. उसकी टाइलों वाली छतें ऐसे मुड़ी हुई थीं मानो विश्राम करती हुई सारस की पंख हों, और उसकी पत्थर की सीढ़ियाँ—जो सदियों से नंगे पैरों के स्पर्श से चिकनी हो चुकी थीं—धीरे-धीरे नीचे पानी के किनारे तक उतरती थीं. आँगन के चारों ओर कमल के सरोवर थे, और कांसे की घंटियाँ छज्जों में लटकी रहतीं, जो केवल तब हिलतीं जब संध्या की हवा उन्हें याद करती. स्तूप की नींव के नीचे, एक छिपे हुए खोखले स्थान में, जहाँ नदी की ठंडी साँस पहुँचती थी, एक विशाल कछुआ रहता था—जिसे कोई नहीं जानता था, सिवाय शायद चाँद के, जो सब कुछ देखता है.

वर्ष दर वर्ष वह कछुआ बढ़ता गया. जब वह पहली बार वहाँ आया था, भूले-बिसरे राजाओं के समय में, तब वह केवल एक चावल के कटोरे जितना छोटा था. पर जैसे-जैसे ऋतुएँ बदलीं और राजवंश उठे और मिट गए, उसका कवच इतना फैल गया कि वह स्वयं वेदी जितना चौड़ा हो गया—गहरे हरे रंग का, जिस पर सोने की नसें ऐसे चमकती थीं जैसे पुराना जेड पत्थर. उसकी आँखें गहरे सरोवरों जैसी थीं जिनमें लालटेन की रोशनी झलकती थी, और उसकी धीमी चाल से उस भूमिगत जलधारा में हल्की लहरें उठतीं जो ऊपर कमल के सरोवरों को जीवन देती थी.

कछुआ न मछलियाँ खाता था, न जल की घास, न ही वे फल या चावल के पकवान जो भक्त लोग श्रद्धा से चढ़ाते थे. उसका भोजन कहीं अधिक सूक्ष्म था—वे अनकहे पछतावे जो लोग अपने साथ स्तूप में लाते और बिना शब्दों के वेदी के सामने रख देते.

लोग लगातार आते रहते—वे व्यापारी जिन्होंने कभी अपने साथी को धोखा दिया था, वे बेटियाँ जिन्होंने माँ के अंतिम क्षणों में कठोर उत्तर दिया था, वे सैनिक जिन्होंने घायल साथी की ओर से मुँह मोड़ लिया था, और वे प्रेमी जो बिना विदा लिए अलग हो गए थे. हर कोई पुराने ईंटों पर घुटनों के बल बैठता, एक

धूपबत्ती जलाता और तीन बार झुकता. बाहर से वे समृद्धि या शांति की प्रार्थना करते, पर भीतर से वे अपने वर्षों से ढोए हुए पछतावे के छोटे-छोटे तीखे पत्थर छोड़ देते. वे पत्थर—धूसर, भारी और ठंडे—फर्श की दरारों से फिसलकर नीचे अँधेरे में उतर जाते जहाँ कछुआ प्रतीक्षा करता था.

वह अपना प्राचीन मुख खोलता और उन्हें एक-एक कर निगल लेता. पछतावा दर पछतावा, कछुआ बढ़ता गया—लालच से नहीं, बल्कि शांत स्वीकृति से. हर दुख जब उस जीव के धीमे हृदय से गुजरता, तो उसकी चुभन कम हो जाती; वह कुछ मुलायम और लगभग प्रकाशमय बन जाता. कछुआ इस भार को बिना शिकायत उठाता रहा, क्योंकि यही उसका उद्देश्य था—उन बोझों को संभालना जिन्हें मनुष्य का हृदय अब अकेले नहीं उठा सकता था.

उस नगर में एक वृद्ध लिपिक रहता था जिसका नाम ओंग ताम था. कभी उसकी कूची से स्तूप के लिए सूत्रों की प्रतिलिपियाँ बनती थीं, पर अब उसकी दवात धूल से ढकी रहती थी. अपनी युवावस्था में उसने अपने वृद्ध पिता की देखभाल करने से इनकार कर दिया था, क्योंकि वह विद्या और दूरस्थ मठों की खोज में निकल पड़ा था. जब यह समाचार आया कि उसका पिता अकेले ही मर गया, ओंग ताम ने संदेशवाहक को झुककर प्रणाम किया, कुछ नहीं कहा, और फिर अपनी पांडुलिपियों में लौट गया. पर वह पछतावा उसके भीतर ऐसे अटका रहा जैसे गले में फँसी मछली की हड्डी—घातक नहीं, पर कभी पूरी तरह निकलता भी नहीं.

दशक बीत गए. अब ओंग ताम के हाथ लिखते समय काँपते थे, और रातों में उसे एक खाली घर और बुझा हुआ दीपक सपनों में दिखाई देता. एक शरद संध्या, जब नदी का जल कम था और स्तूप की घंटियाँ पहले से अधिक स्पष्ट सुनाई दे रही थीं, वह कई वर्षों बाद पत्थर की सीढ़ियाँ चढ़कर वहाँ पहुँचा. आँगन में केवल गिरते हुए पत्ते थे. उसने तीन धूपबत्तियाँ जलाईं, उन्हें कांसे के पात्र में रखा और घुटनों के बल बैठ गया.

इस बार उसने लंबी आयु या ज्ञान की प्रार्थना नहीं की. उसने केवल उस स्मृति को पूरी तरह उठने दिया—अपने पिता के पतले कंधे, थकी आँखों में छिपी मौन विनती, और वह मौन जो उसके उत्तर में आया था. आँसू धीरे-धीरे उसकी आँखों से बहने लगे और वेदी के पत्थरों पर गिरने लगे. उन्हीं के साथ वह अंतिम पछतावा भी गिर पड़ा—पूरा, अनछिपा, और अंततः उसके अपने हृदय में स्वीकार किया गया.

नीचे फर्श के नीचे कछुए ने उस अर्पण को उतरते हुए महसूस किया. वह अधिकांश पछतावों से बड़ा था, वर्षों की चुप्पी से घिरा हुआ, पर अंततः स्वेच्छा से दिया गया. कछुए ने उसे कोमलता से ग्रहण किया. उसी क्षण कुछ बदल गया. उसके विशाल शरीर में हल्की कंपकंपी दौड़ी, और उसके कवच की सुनहरी नसें क्षण भर के लिए चमक उठीं—जैसे गहरे जल में सूर्य की किरण उतर आई हो. सदियों में पहली बार कछुए को संतोष का अनुभव हुआ. स्तूप के नीचे का वह खोखला स्थान, जो कभी अनगिनत दुखों के भार से भरा था, अचानक हल्का लगने लगा.

उस रात, पूर्णिमा के शांत और सहानुभूतिपूर्ण चाँद के नीचे, वह महान कछुआ उठ खड़ा हुआ. धीरे-धीरे, भारी शरीर से, उसने उन नींव के पत्थरों को हटाया जिन्होंने उसे इतने वर्षों तक आश्रय दिया था. नदी ने उसे एक कोमल फुसफुसाहट के साथ स्वागत किया. वह बिना किसी छींटे के धारा में उतर गया. एक क्षण के लिए उसका कवच चाँदनी में चमका, और फिर वह धारा के साथ दूर चला गया—शायद खुले समुद्र की ओर, या उस स्थान की ओर जहाँ ऐसे प्राचीन रक्षक तब जाते हैं जब उनका कार्य पूर्ण हो जाता है.

सुबह जब भिक्षुओं ने वेदी के पत्थरों को खिसका हुआ पाया, तो उनके नीचे एक विशाल, चिकना खोखलापन दिखाई दिया—अब छाया से भी खाली. कमल के सरोवर पहले से अधिक उज्ज्वल खिल रहे थे, और कांसे की घंटियों ने, जबकि हवा बिल्कुल स्थिर थी, एक स्पष्ट ध्वनि उत्पन्न की जो पूरे नगर पर आशीर्वाद की तरह फैल गई.

ओंग ताम घर लौटते समय पहले से हल्का महसूस कर रहा था. उसने फिर से अपनी कूची उठाई, और अक्षर अब शांत और स्थिर बहने लगे. उसने कभी किसी से यह नहीं बताया कि स्तूप में क्या हुआ था, पर जो लोग उसे जानते थे उन्होंने देखा कि उसकी आँखों से एक पुरानी छाया हट चुकी थी.

और यद्यपि उस महान कछुए को फिर कभी किसी ने नहीं देखा, फिर भी कुछ शांत संध्याओं में, जब धूप का धुआँ सीधा ऊपर उठता है, नगर के लोग अपने हृदय में एक हल्की शांति महसूस करते हैं—मानो कभी कोई विशाल और धैर्यवान प्राणी उनके बोझों को उठाए हुए था, और अपना पहरा पूरा करके चुपचाप चला गया, पीछे केवल पत्थरों से टकराते जल की एक शांत, आश्वस्त करती प्रतिध्वनि छोड़कर.

इस प्रकार यह स्मरण बना रहता है: कुछ दुख केवल तब तक उठाए जाते हैं जब तक हमें उन्हें छोड़ने का साहस नहीं मिल जाता, और इस संसार में ऐसे शांत जीव भी होते हैं—दिखाई दें या न दें—जो हमारे जीवन की वेदियों के नीचे प्रतीक्षा करते हैं, ताकि हम वह सब उन्हें सौंप सकें जिसे हम अब अकेले नहीं उठा सकते.

वह लड़की जिसने सूरज उधार लिया

एक गाँव में, जहाँ घर छाया पाने के लिए एक-दूसरे की ओर झुके रहते थे और रास्ते तपती धूप में सफेद चमकते थे, वहाँ लिन्ह नाम की एक लड़की रहती थी.

लिन्ह अपनी उम्र के हिसाब से छोटी थी और स्वभाव से शांत. वह ऐसे चलती मानो किसी ऐसी ध्वनि को सुन रही हो जिसे अन्य लोग सुन नहीं सकते. वह अक्सर रुककर दीवारों पर फिसलती रोशनी को देखती या ज़मीन पर पड़ती छायाओं के बदलते आकार को अपनी उँगलियों से बनाती. गाँव के बुज़ुर्ग कहते थे कि उसका जन्म ठीक दोपहर में हुआ था, जब सूरज आकाश में सबसे ऊँचा होता है—और ऐसे बच्चे अक्सर वे चीज़ें देख लेते हैं जिन्हें अधिकांश लोग अनदेखा कर देते हैं.

लिन्ह अपनी माँ के साथ गाँव के आखिरी छोर पर रहती थी, जहाँ से खेत शुरू हो जाते थे. उसके पिता कई वर्ष पहले मर चुके थे, पीछे केवल एक टूटा हुआ हल और चुप्पी की आदत छोड़कर. उसकी माँ दाओ एक वैद्य थी—पर वह न तेज़ दवाओं से इलाज करती थी, न बड़े अनुष्ठानों से, बल्कि धैर्य, गर्म हाथों और शरीर के सूक्ष्म संकेतों को समझने की क्षमता से.

एक वर्ष ऐसा आया जब गर्मी कम होने का नाम ही नहीं ले रही थी.

हर सुबह सूरज पिछले दिन से अधिक भारी लगने लगा. हवा गाढ़ी हो गई. नदी सिकुड़कर पतली और सुस्त धाराओं में बदल गई. पत्तियाँ मुड़कर अपने भीतर बची थोड़ी-सी नमी को सँभालने लगीं. लोग कम बोलने लगे, जैसे वे अपनी साँस बचा रहे हों.

दाओ बीमार पड़ गई.

शुरुआत में केवल थकान थी. फिर उसकी त्वचा अजीब तरह से ठंडी रहने लगी, यहाँ तक कि दोपहर में भी. जब दूसरे लोग पसीना बहाते, वह काँपती. जिन जड़ी-बूटियों पर वह पहले भरोसा करती थी, वे अब उसे गर्म नहीं कर पाती थीं. उसकी साँस

हल्की और धीमी हो गई, जैसे उसके भीतर की कोई आवश्यक शक्ति धीरे-धीरे कम हो रही हो.

"उसकी भीतरी अग्नि बुझ रही है," बुज़ुर्गों ने कहा. "सूरज जितना देता है, उससे अधिक ले रहा है."

लिन्ह दिन-रात अपनी माँ की चटाई के पास बैठी रहती, देखती कि कैसे रोशनी फर्श पर धीरे-धीरे सरकती है और फिर पीछे हट जाती है. उसने एक ऐसी बात देखी जिसे और कोई नहीं देख पाया: जब धूप दाओ के चेहरे को छूती, उसकी साँस कुछ क्षणों के लिए सहज हो जाती.

एक विचार जन्म लेने लगा—छोटा, खतरनाक, और चमकीला.

उस रात लिन्ह गाँव के ऊपर स्थित पहाड़ी पर चढ़ गई, जहाँ पत्थर सूर्यास्त के बाद भी गर्म रहते थे. वह तब तक प्रतीक्षा करती रही जब तक सूरज क्षितिज के पास नहीं आ गया और आकाश सोने और लाल रंग से भर नहीं गया.

जब अंतिम प्रकाश क्षितिज पर ठहरा हुआ था, लिन्ह ने बात की—न ऊँची आवाज़ में, न चुनौती के साथ, बल्कि स्पष्टता से.

"मैं माँग नहीं रही," उसने कहा. "मैं उधार ले रही हूँ."

उसने दोनों हाथ आगे बढ़ाए.

सूरज की एक छोटी किरण उससे अलग हो गई—चमकदार नहीं, बल्कि कोमल, जैसे कोई जीवित अंगारा. वह उसकी हथेलियों में ठहर गई, गर्म पर बिना जलाए.

सूरज ने उसे रोका नहीं.

लिन्ह ने उस रोशनी को कपड़े में लपेटा और जल्दी से घर लौट आई. उसने उसे अपनी माँ के सीने पर रख दिया.

तुरंत दाओ की त्वचा गर्म होने लगी. उसके चेहरे पर रंग लौट आया. उसकी साँस गहरी हो गई. सुबह तक वह कई सप्ताहों में पहली बार शांत नींद सोई.

समाचार जल्दी फैल गया.

"लड़की ने सूरज चुरा लिया है," कुछ लोग फुसफुसाए. "उसने उसे क्रोधित कर दिया है," दूसरों ने कहा.

दाओ धीरे-धीरे ठीक होने लगी. वह उठकर बैठने लगी. उसने बोलना शुरू किया. उसने लिन्ह को हल्की मुस्कान दी—इस बात से अनजान कि इस चमत्कार की कीमत अभी बाकी है.

तीन दिन तक गाँव में खुशी रही.

फिर सूरज बदल गया.

वह पहले से अधिक फीका उगा, और उसकी रोशनी कठोर और असहनीय हो गई. फसलें बहुत तेज़ी से बढ़ीं और फिर मुरझा गईं. नदी और सिकुड़ गई. छायाएँ अस्वाभाविक रूप से छोटी हो गईं, मानो राहत देने से इंकार कर रही हों.

चौथे दिन दोपहर को गाँव की घंटी अपने आप बज उठी.

लिन्ह ने महसूस किया कि उसके पास रखा कपड़ा गर्म हो रहा है.

उस शाम सूरज ने बात की—लिन्ह से नहीं, बल्कि पूरे गाँव से.

उसकी आवाज़ ध्वनि नहीं थी, बल्कि भार थी. गर्मी उद्देश्य के साथ नीचे उतरी. सूखी धरती में दरारें पड़ने लगीं. कुओं का पानी कड़वा लगने लगा.

बुज़ुर्ग अंजीर के पेड़ के नीचे इकट्ठा हुए.

"हमने संतुलन के बिना लिया है," उन्होंने कहा.

लिन्ह काँपते हुए आगे आई.

"मैंने लिया था," उसने कहा."मुझसे वापस ले लो."

पर सूरज ने उसे उत्तर नहीं दिया.

इसके बजाय गर्मी खेतों, घरों और लोगों पर अलग-अलग तरह से उतरती रही—जैसे कोई सोच-समझकर कर रहा हो.

बुज़ुर्ग समझ गए.

सबसे वृद्ध ने कहा,"यह ऋण केवल उसका नहीं है. यह हम सबका है."

उस रात गाँव ने एक निर्णय लिया.

उन्होंने ऊँची दीवारें तोड़ दीं जो केवल कुछ घरों को छाया देती थीं. उन्होंने अनाज के भंडार खोल दिए और सबमें बराबर बाँट दिया. उन्होंने वे बाड़ें गिरा दीं जो हवा और पानी को रोकती थीं. उन्होंने निश्चय किया कि अब से खेतों में सब मिलकर काम करेंगे और फसल भी सबमें बाँटी जाएगी.

सुबह होते ही लिन्ह फिर पहाड़ी पर चढ़ी और कपड़ा खोला.

सूरज की वह किरण उसमें से उठी और आकाश में लौट गई.

सूरज कोमल हो गया. वर्षा आई—तुरंत नहीं, पर समय पर. फसलें धीरे-धीरे बढ़ीं और मज़बूत हुईं. नदी फिर स्थिर हो गई.

दाओ पूरी तरह ठीक हो गई, हालांकि उसके बाल जल्दी ही चाँदी जैसे हो गए—मानो वह अग्नि के बहुत पास चली गई हो. लिन्ह बड़ी हुई, उसके पास कोई विशेष चमक नहीं थी, केवल उस गर्मी की स्मृति थी जो बाँटी गई थी.

उस समय से गाँव वाले अपने बच्चों को यह सिखाने लगे—

कि कुछ उपहार अकेले नहीं लिए जा सकते.

कि प्रेम में लिया गया उपचार कभी-कभी न्याय के रूप में लौटाना पड़ता है.

और जब सूरज अपना मूल्य माँगता है, तो वह अक्सर केवल उस व्यक्ति से नहीं बोलता जिसने रोशनी को छुआ—बल्कि उन सभी से जो उसके प्रकाश में जीते हैं.

वह वन जो कदमों की गिनती करता था

बहुत समय पहले, लहरदार पहाड़ियों और फुसफुसाती धुंधों की भूमि में, एक प्राचीन वन था जिसे वर्डेंट मेमोरी कहा जाता था. उसके वृक्ष ऊँचे और गंभीर थे—बरगद जिनकी जड़ें बुद्धिमान उँगलियों की तरह धरती को थामे रहती थीं, सागौन के पेड़ जो मंदिर के स्तंभों की तरह सीधे खड़े थे, और आयरनवुड जिनकी छाल आधी रात की नदियों की तरह गहरी चमकती थी. उनके बीच लताएँ भूले हुए हारों की तरह लटकती थीं, और फर्न हर सुबह चुपचाप अपने पत्ते खोलकर अभिवादन करते थे. यह वन दूर-दूर तक फैला था, अपने आप में एक संसार—जहाँ सूर्य की किरणें सुनहरी धारियों में छनकर आती थीं और हवा में काई और दूर की वर्षा की गंध घुली रहती थी.

वर्डेंट मेमोरी कोई साधारण वन नहीं था. वह हर उस कदम को याद रखता था जिसने कभी उसकी मिट्टी को छुआ था. हिरण की खोज में धीरे-धीरे चलते शिकारी, वृक्षों की छाया में हाथों में हाथ डाले घूमते प्रेमी, संध्या के समय जुगनुओं के पीछे भागते बच्चे, और एकांत की तलाश में छिपी धाराओं तक जाते साधु—हर कदम, चाहे हल्का हो या भारी, जल्दी में हो या ठहरकर रखा गया हो, वृक्षों की जड़ों और वलयों में अंकित हो जाता था. वन इन मार्गों को शांत विश्वास के साथ सँभाले रखता था, उन्हें अपने जीवित ताने-बाने में बुनता हुआ—न किसी का न्याय करता, न कुछ भूलता.

पीढ़ियों तक पास के गाँवों के लोग इस वन के साथ संतुलन में रहते थे. वे ईंधन के लिए गिरी हुई टहनियाँ इकट्ठा करते, मौसम में जंगली बेर तोड़ते, और उन पुराने पगडंडियों पर चलते जो खुली जगहों के बीच से धीरे-धीरे गुजरती थीं. जब भी वे वन में प्रवेश करते, सम्मान से चलते, धीरे बोलते और सीमा के पत्थरों के पास चावल या फूल चढ़ाकर जाते. बदले में वन उन्हें सुरक्षित रास्ता दिखाता, खोए हुए लोगों के लिए शाखाएँ अलग कर देता और तूफानों से उन्हें आश्रय देता.

पर समय परिवर्तन लाता है, और समृद्धि महत्वाकांक्षा जगाती है. एक वसंत ऋतु में, निचली भूमि से व्यापारी आए—

हाथों में योजनाओं के नक्शे और नापने की जंजीरें लिए हुए. गाँव बड़े हो चुके थे, व्यापार बढ़ रहा था, और गाड़ियाँ रेशम और मसालों से लदी हुई चरमराती हुई गुजरती थीं."वन के बीच से एक सीधी सड़क काटनी होगी," उन्होंने बुज़ुर्गों से कहा."चौड़ी और पक्की, ताकि हमारी गाड़ियाँ तेजी से चल सकें और बाज़ार आपस में जुड़ जाएँ. अब वे घुमावदार पगडंडियाँ नहीं जो सपनों की तरह भटकती रहती हैं."

गाँव वाले झिझके. उन्हें वन की स्मृति की पुरानी कथाएँ याद थीं. पर धन का वादा भारी पड़ा. कुल्हाड़ियाँ तेज़ की गईं, सर्वेक्षक ने लाल कपड़ों से मार्ग चिन्हित किए, और जल्द ही पहले वृक्षों ने लोहे की धार का कंपन महसूस किया.

उसी रात, जब चाँद फीका और सतर्क होकर उगा, वर्डेंट मेमोरी के भीतर से एक अजीब ध्वनि उठी. वह पहले सूखे पत्तों पर हवा की सरसराहट जैसी थी—हालाँकि हवा बिल्कुल स्थिर थी. फिर फुसफुसाहटें सुनाई देने लगीं—धीमी, फिर धीरे-धीरे स्पष्ट: बीते हुए कदमों की प्रतिध्वनि.

वृक्ष पुराने रास्तों को आवाज़ देकर सुनाने लगे.

वन के हृदय से सौ ग्रीष्म पहले तितलियों के पीछे दौड़ते बच्चों के हल्के कदमों की ध्वनि आई. फिर एक विवाह-यात्रा की संतुलित चाल सुनाई दी—दुल्हन के पायल की हल्की झंकार के साथ जब वह अपने नए घर की ओर जा रही थी. उसके बाद एक बूढ़े वैद्य के थके कदमों की आहट आई, जो संध्या के समय जड़ें इकट्ठा करता हुआ पौधों को लोरी गुनगुना रहा था.

ध्वनियाँ आपस में घुलने लगीं—प्रेमियों के उपवन से आती हँसी, घायल जंगली सूअर के चारों ओर घूमते शिकारी के सावधान कदम, छायादार पगडंडी पर अर्थी उठाए चलने वाले शोकाकुल लोगों की धीमी चाल. हर मार्ग अपनी आवाज़ में जीवित हो उठा—जन्म का समाचार लेकर दौड़ते दूत के तेज़ कदम, और बरगदों के नीचे प्रेरणा खोजते विद्वान की धीमी, विचारपूर्ण चाल.

रात-दर-रात ये आवाज़ें और तेज़ होती गईं. मजदूर सुबह होते ही कटाई के स्थान से भाग जाते, यह कसम खाते हुए कि उन्होंने अपने पीछे सूखे पत्तों पर किसी अदृश्य कदमों की आहट सुनी है. गाड़ियाँ वन की सीमा पर रुक जातीं, उनके चालक उन प्राचीन यात्राओं की फुसफुसाहट से विचलित हो जाते जो पहियों को छूकर गुजरती थीं. गाँवों में नींद गायब हो गई; हवा के साथ यह स्मरण घरों तक पहुँचता, और लोगों की स्मृतियों को जगाता—कुछ स्मृतियाँ जो अँधेरे में मुस्कान ला देतीं, और कुछ जो शांत आँसू बहा देतीं.

सबसे बड़े गाँव में एक लकड़हारे की बेटी रहती थी जिसका नाम हुओंग था. वह अपने शांत स्वभाव और अकेले पुरानी पगडंडियों पर चलने की आदत के लिए जानी जाती थी. वह ऑर्किड के फूल इकट्ठा करती और वन की निस्तब्धता को सुनती रहती. उसे उन आवाज़ों से डर नहीं लगता था; बल्कि वह और गहराई तक चली जाती, जैसे वे ध्वनियाँ उसे भूली हुई भाषाओं में पुकार रही हों.

एक शाम, एक विशाल बरगद के नीचे—जिसकी जड़ों ने प्राकृतिक कोटर बना दिए थे—हुओंग बैठी और सुनती रही जब वृक्ष उस पगडंडी की कथा कह रहे थे जिसे वह भली-भाँति जानती थी—वही रास्ता जिससे उसकी माँ हर दिन नदी तक जाती थी, उस बीमारी से पहले जिसने उसे छीन लिया था. कदमों की आहट स्पष्ट सुनाई दी—हल्की और शांत, बीच-बीच में रुकती हुई, मानो पानी में हाथ डुबोने या कोई धुन गुनगुनाने के लिए. हुओंग की आँखों में आँसू आ गए—केवल दुख के नहीं, बल्कि इस कृतज्ञता के कि वह स्मृति अब भी जीवित थी.

जैसे-जैसे चाँद ऊपर चढ़ा, आवाज़ें एक आग्रहपूर्ण कोरस में बदल गईं—मानो विनती कर रही हों. हुओंग समझ गई: वन सड़क को शाप नहीं दे रहा था, बल्कि उन्हें याद दिला रहा था कि क्या खो जाएगा—वे घुमावदार रास्ते जिन्होंने युगों से जीवन, प्रेम और कहानियों को अपने साथ चलाया था. एक सीधी

सड़क उन धागों को काट देती और उन कदमों की स्मृति सदा के लिए मौन हो जाती.

अगले दिन हुओंग ने गाँव वालों को उसी बरगद के नीचे इकट्ठा किया. उसने क्रोध से नहीं, बल्कि उस शांत विश्वास से बात की जो किसी ने वन का हृदय सुनकर पाया हो."वृक्ष अपनी स्मृतियाँ छिपाकर नहीं रखते," उसने कहा."वे उन्हें बाँटते हैं, ताकि हम याद रख सकें कि हम कौन हैं और किन रास्तों पर चले हैं. हमें इन पुराने मार्गों का सम्मान करना चाहिए, उन्हें मिटाना नहीं चाहिए."

उसके शब्दों और रातों में गूँजती आवाज़ों से प्रभावित होकर बुजुर्ग मान गए. व्यापारियों की योजना छोड़ दी गई. इसके बजाय लोगों ने पुराने रास्तों को बस इतना चौड़ा किया कि गाड़ियाँ गुजर सकें. उन्होंने उन्हें बड़े वृक्षों के चारों ओर घुमाते हुए बनाया और केवल वहाँ पत्थर बिछाए जहाँ वर्षा में मिट्टी नरम हो जाती थी. रास्तों के किनारे नए पौधे लगाए गए और चौराहों पर लालटेन टाँगी गईं ताकि आने वाले यात्रियों का मार्ग रोशन रहे.

इसके बाद स्मरण की ध्वनि धीमी हो गई—मानो हवा में घुली एक लोरी बन गई हो. नए रास्तों पर चलने वाले यात्री कभी-कभी रुक जाते, क्योंकि उन्हें अपने कदमों के साथ मिलती-जुलती किसी पुरानी आहट सुनाई देती या उन्हें लगता कि कोई पुरानी यात्रा उनकी यात्रा के साथ-साथ चल रही है. वन उनका स्वागत करता, उसकी स्मृति अब घायल नहीं बल्कि और समृद्ध हो चुकी थी.

हुओंग वर्डेंट मेमोरी की छाया में बूढ़ी हुई, बच्चों को सिखाती कि हल्के कदमों से चलना और गहराई से सुनना क्या होता है. और यद्यपि दुनिया के अन्य स्थानों पर सड़कें सीधे और तेज़ी से तनों को काटती हुई निकल गईं, उस भूमि में पगडंडियाँ अब भी घुमावदार रहीं—जीवित, उन कदमों से भरी हुई जो कल के थे और जो आने वाले कल का मार्ग दिखाते थे.

और इस प्रकार वह स्मृति आज भी बनी हुई है—एक शांत प्रमाण कि कुछ चीज़ों को बचाने का अर्थ उन्हें स्थिर कर देना नहीं, बल्कि पुराने रास्तों को नए के साथ साँस लेने देना है, ताकि उनकी प्रतिध्वनि हमें याद दिलाती रहे कि हमारा हर कदम संसार की बड़ी कथा में बुना हुआ है.

वह मिट्टी का घड़ा जिसने आग से इनकार किया

एक गाँव में जहाँ नंगे पाँवों के नीचे धरती लाल और मुलायम थी, एक कुम्हार रहता था जिसका नाम हुय था.

हुय की कार्यशाला नदी के किनारे के पास खड़ी थी, जहाँ नरकट नीचे झुकते थे और मिट्टी समृद्ध और धैर्यशील थी. इसी मिट्टी से, पीढ़ियों के कुम्हारों ने कटोरे, घड़े, दीपक और कलश बनाए थे — ऐसे बर्तन जो गर्मी सहने के लिए, आग से कठोर होने के लिए, घरों और मंदिरों दोनों की सेवा के लिए बने थे.

हुय ने यह कला अपने पिता से सीखी थी, और उनके पिता ने उनके पिता से. वह केवल स्पर्श से मिट्टी परखना जानता था, बिना देखे चाक को केंद्रित करना जानता था, आग की साँस के रंग से उसका मिज़ाज पढ़ना जानता था. उसका काम अच्छा था — भरोसेमंद, सम्मानित — लेकिन कभी असाधारण नहीं.

यह बात उसे परेशान करती थी.

"मैंने सारे कदम सीख लिए हैं," वह अक्सर सोचता था, "फिर भी जो भी बनाता हूँ वह पूरा नहीं लगता."

एक मौसम में, जब बारिश असामान्य रूप से भारी रही थी, हुय ने नदी के एक मोड़ से मिट्टी इकट्ठा की जहाँ वह पहले कभी नहीं गया था. वह सामान्य से बारीक थी, लगभग रेशमी, हाथों में ठंडी. जब उसने उसे दबाया, वह धीरे से झुकी, जैसे पहले से सुन रही हो.

वह उसे घर ले गया, बिना यह जाने क्यों.

उस शाम उसने एक ऐसा घड़ा बनाया जैसा उसने पहले कभी नहीं बनाया था. यह चाक से सहजता से उठा, उसकी दीवारें बराबर और पतली, उसका वक्र अटूट. कोई सजावट नहीं थी, महत्वाकांक्षा का कोई निशान नहीं — केवल संतुलन.

जब हुय ने काम खत्म किया, उसके सीने में एक शांत संतुष्टि उतरी.

"इसे," उसने सोचा, "कल भट्ठे में डालूँगा."

लेकिन जब घड़ा सूखा और उसने उसे भट्ठे में रखा, कुछ अजीब हुआ.

जैसे-जैसे आग बढ़ी, घड़े के किनारे पर एक बारीक दरार आई — अचानक या हिंसक नहीं, बल्कि धीमी और सोची-समझी, जैसे किसी सावधान हाथ से खींची गई रेखा. हुय ने उसे तुरंत निकाल लिया, निराश.

"यह खराब है," उसने कहा.

उसने घड़े को तोड़ा और मिट्टी वापस ढेर में मिला दी.

अगले दिन उसने उसी मिट्टी से एक और बनाया. फिर, यह सहज लगा. फिर, उसने उसे खुश किया.

फिर, वह आग में फट गया.

हुय ने वह सब आज़माया जो वह जानता था. उसने गर्मी बदली. भट्ठे का समय बदला. दीवारें मोटी कीं, फिर पतली कीं. हर बार परिणाम एक ही था: घड़े ने आग से इनकार किया.

जल्द ही निराशा ने जड़ पकड़ ली.

"मिट्टी आग के लिए बनी है," हुय बड़बड़ाया. "अगर वह इसे सह नहीं सकती, तो उसका कोई उद्देश्य नहीं."

उसने बची हुई मिट्टी नदी में वापस फेंकने की सोची.

उस रात एक बूढ़ी औरत उसकी कार्यशाला के पास रुकी. वह नदी के रास्ते पर जड़ी-बूटियाँ बेचती थी और ऐसे सवाल पूछने के लिए जानी जाती थी जो लोगों को बेचैन कर देते थे.

"तुम किसी चीज़ से लड़ रहे हो," उसने टूटे टुकड़ों को देखते हुए कहा.

"मैं एक गलती सुधार रहा हूँ," हुय ने जवाब दिया.

औरत ने एक टुकड़ा उठाया, उँगलियों में घुमाया. "सभी गलतियाँ सुधरना नहीं चाहतीं."

वह बिना स्पष्टीकरण दिए चली गई.

अगली सुबह, घड़े को भट्ठे में डालने की बजाय हुय ने उसमें पानी भरा.

मिट्टी थोड़ी गहरी हुई, लेकिन बर्तन टिका रहा. धूप में भी पानी ठंडा रहा. जब उसने उसे उँडेला, कोई दरार नहीं आई.

जिज्ञासु होकर हुय ने उसे फिर भरा और नदी के किनारे रख दिया. अंदर का पानी सामान्य से ज़्यादा देर साफ रहा, गर्मी या धूल से मैला नहीं हुआ.

खबर फैली.

ग्रामीण उस घड़े से पानी लेने आए. उन्होंने कहा यह मीठा लगता था, जीभ पर हल्का. बच्चों ने अपने हाथ उसमें डाले और हँसे.

फिर भी हुय बेचैन रहा.

"यह अधूरा है," वह ज़िद करता रहा. "इसने आग का सामना नहीं किया."

वह एक आखिरी बार भट्ठे के पास लौटा.

"इस बार," उसने खुद से कहा, "यह झुकेगा."

आग पहले से भी ऊँची उठी. घड़ा पहले से भी ज़्यादा गहरा फटा, साफ दो टुकड़ों में.

हुय भट्ठे के सामने चुपचाप बैठ गया.

पहली बार उसने कुछ ऐसा देखा जिसे वह अनदेखा करता आया था: दरार हर बार उसी रेखा पर पड़ती थी — बेतरतीब नहीं, बल्कि जानबूझकर. जैसे घड़े ने खुद चुना हो कि कहाँ खुलना है.

उस रात हुय ने सपना देखा.

वह नदी के पास खड़ा था, बर्तन पूरा हाथ में थामे. जब उसने उसे आग के पास रखा, वह टूट गया. जब उसने उसे पानी में उतारा, वह हल्के से चमका और अखंड रहा. उसके चारों ओर, दूसरे घड़े भट्ठे में उज्ज्वल रूप से जल रहे थे, हर एक अपना उद्देश्य पूरा करता.

वह समझ के साथ जागा.

अगले दिन हुय ने उस मिट्टी को भट्ठे में डालने की कोशिश बंद कर दी.

इसके बजाय, उसने केवल पानी के लिए बर्तन बनाए — यात्रियों के लिए घड़े, बीमारों के लिए कटोरे, अनुष्ठान धोने के लिए बर्तन. उसने उन्हें बिना पकाए छोड़ा, गर्मी की बजाय सावधानी और धैर्य से सील करते हुए.

कुछ ग्रामीणों ने हँसी उड़ाई.

"बिना पकी मिट्टी कमज़ोर होती है," उन्होंने कहा.

फिर भी बर्तन टिके रहे. वे केवल तभी फटते जब उनका दुरुपयोग हुआ — जब उन्हें आग के पास रखा गया या उनकी प्रकृति से परे बोझ डाला गया. जब सम्मान के साथ व्यवहार किया गया, तो वे चुपचाप और अच्छी तरह से काम करते.

हुय की कार्यशाला बदल गई.

वह अभी भी आग के लिए घड़े बनाता था — मज़बूत और भरोसेमंद. लेकिन उनके बगल में वे बर्तन खड़े थे जिन्होंने

कभी भट्ठा नहीं देखा था — ठंडे, कोमल, उन तरीकों से ज़रूरी जिनमें आग से कठोर मिट्टी नहीं हो सकती थी.

समय के साथ, हुय का नाम गाँव से परे जाना जाने लगा — प्रतिभा के लिए नहीं, बल्कि विवेक के लिए.

जब उससे पूछा गया कि वह कुछ काम अधूरा क्यों छोड़ता है, उसने जवाब दिया:

"सभी चीज़ें कठोर होने के लिए नहीं बनी हैं. कुछ थामने के लिए बनाई गई हैं, आग सहने के लिए नहीं."

और इस तरह गाँव ने एक शांत सबक सीखा:

कि उद्देश्य केवल परीक्षा से सिद्ध नहीं होता, कि शक्ति कई रूप लेती है, और कि बुद्धि इसमें है —

कि आग कब न लगाई जाए, यह जानना.

वह व्याध-पतंग जो केवल एक बार बोली

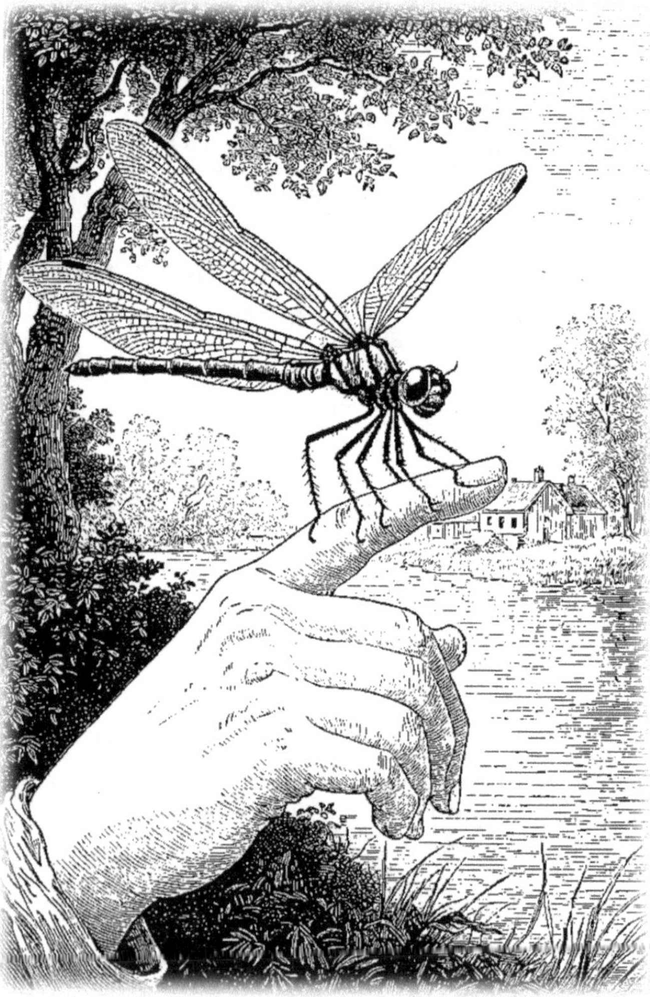

धान के खेतों और उथले तालाबों से घिरे एक गाँव में, जहाँ सरकंडे तब भी फुसफुसाते रहते थे जब हवा स्थिर होती थी, एक ऐसी व्याध-पतंग रहती थी जैसी किसी ने पहले कभी नहीं देखी थी.

वह छोटी और नीली-हरी थी, उसके पंख साँस जितने हल्के और उसका शरीर आकाश के प्रतिबिंब की तरह चमकीला था. वह केवल देर दोपहर में दिखाई देती, पानी के ऊपर मंडराती जहाँ कुमुदिनी के फूल तैरते और बच्चे खेलते थे. शुरुआत में किसी ने उस पर अधिक ध्यान नहीं दिया—आखिर व्याध-पतंगें तो सामान्य ही होती हैं.

फिर उसने बात की.

सबसे पहले उसे एक लड़के ने सुना, जो तालाब के किनारे झुककर पत्थर उछाल रहा था. जब व्याध-पतंग उसके सामने हवा में ठहरी, उसने एक आवाज़ सुनी—जोर से नहीं, बल्कि अपने मन के भीतर स्पष्ट और सटीक.

मैं केवल एक बार बोलूँगी, उसने कहा.और केवल उससे जो मुझे पकड़ लेगा.

लड़का चौंक पड़ा. व्याध-पतंग ऊपर उठी, उसके पंख धीरे-धीरे गूँजते हुए, और वह सरकंडों में गायब हो गई.

शाम तक यह कहानी पूरे गाँव में फैल गई.

शुरू में लोग हँसे."बच्चे बहुत-सी बातें कल्पना कर लेते हैं," उन्होंने कहा.

पर जिज्ञासा एक धैर्यवान शक्ति है. जल्द ही लोग तालाब पर आने लगे—मछली पकड़ने या कपड़े धोने के लिए नहीं, बल्कि देखने के लिए.

अगले दिन व्याध-पतंग फिर आई, बिल्कुल पहले की तरह.

इस बार एक युवा पुरुष ने उसे पकड़ने की कोशिश की. वह तेज़ और आत्मविश्वासी था, उसके हाथ खेतों में वर्षों के काम से फुर्तीले हो चुके थे. वह उस हवा को पकड़ने के लिए झपटा जहाँ व्याध-पतंग मंडरा रही थी.

वह आसानी से उससे बच निकली.

फिर दूसरे लोग भी आए.

एक व्यापारी ने वादा किया कि यदि व्याध-पतंग उसके हाथों में आ बैठे तो वह बड़े चढ़ावे चढ़ाएगा. एक विद्वान रेशमी धागों से बने सावधान जाल लेकर आया. गाँव का एक नेता बच्चों को आदेश देने लगा कि वे उसे उसकी ओर भगा दें.

पर व्याध-पतंग सब से बचती रही.

उसने कभी उपहास नहीं किया. उसने अपना वादा दोहराया भी नहीं. वह बस हर दोपहर लौट आती, पहुँच से थोड़ी दूर हवा में ठहरी रहती, उसके पंखों पर सूर्य की किरणें चमकती रहतीं.

दिन बीतते गए, और अधीरता बढ़ने लगी.

"ऐसा कौन-सा सत्य होगा जो इतनी परेशानी के योग्य है?" कुछ लोग पूछने लगे.

दूसरे लोग रहस्यों की बातें करने लगे—भाग्य, लंबी आयु या छिपे हुए खतरे के बारे में.

केवल एक व्यक्ति था जो तालाब पर नहीं आया.

वह थी बा नोई, गाँव की सबसे वृद्ध स्त्री.

बा नोई अब खेतों में काम नहीं करती थी. उसके हाथ उम्र से मुड़े हुए थे और उसके कदम धीमे व सावधान थे. हर दोपहर वह अपने घर के पास इमली के पेड़ की छाया में बैठती, चावल चुनती या कपड़ा सिलती रहती. जहाँ वह बैठती थी, वहाँ

से तालाब का किनारा दिखाई देता था, पर वह कभी वहाँ नहीं जाती थी.

जब किसी ने उससे पूछा क्यों, तो वह मुस्करा दी.

"सत्य को पीछा किया जाना पसंद नहीं है," उसने कहा.

एक दोपहर, जब सूरज ढल रहा था और तालाब चमक रहा था, व्याध-पतंग सरकंडों से हटकर इमली के पेड़ की ओर आ गई.

वह बा नोई के सामने हवा में ठहर गई. उसके पंख धीरे-धीरे स्थिर होने लगे.

बा नोई ने ऊपर देखा.

"तुम देर से आई हो," उसने कोमलता से कहा.

व्याध-पतंग उसकी उँगली पर आ बैठी.

बा नोई ने अपना हाथ बंद नहीं किया.

गाँव शांत हो गया.

बा नोई के मन में व्याध-पतंग ने कहा—

जिसे तुम खोजते हो, वह लौटकर नहीं आएगा.जिसे तुम छोड़ देते हो, वह तुम्हारे साथ बना रहता है.

बा नोई ने एक बार सिर हिलाया.

फिर व्याध-पतंग उसकी उँगली से उड़ गई और तालाब के ऊपर नीची उड़ान भरते हुए सरकंडों की ओर चली गई. वहाँ पहुँचते ही उसका रंग फीका पड़ने लगा और वह ऐसे गायब हो गई मानो वह कभी थी ही नहीं.

लोग दौड़ते हुए आगे आए.

"उसने क्या कहा?" उन्होंने पूछा. "उसने तुम्हें कौन-सा सत्य बताया?"

बा नोई ने सिर हिला दिया.

"उसने केवल एक बार बोला," उसने उत्तर दिया. "और उसने मुझसे कहा."

पहले गाँव वाले क्रोधित हुए. फिर निराश हुए. फिर धीरे-धीरे विचारमग्न हो गए.

आने वाले दिनों में कुछ सूक्ष्म बदल गया.

एक आदमी जिसने लंबे समय से किसी माफी का इंतज़ार किया था, अब इंतज़ार छोड़कर स्वयं बोलने लगा. एक स्त्री ने वर्षों की शिकायत को छोड़ दिया और उसकी नींद हल्की हो गई. एक किसान ने खराब फसल को कड़वाहट के बिना स्वीकार किया और अगले मौसम की बेहतर तैयारी की.

बा नोई फिर अपनी शांत दोपहरों में इमली के पेड़ के नीचे लौट आई.

कुछ वर्षों बाद जब उसकी मृत्यु हुई, तो गाँव वालों ने उसकी कब्र पर एक छोटी व्याध-पतंग की मूर्ति रखी—रहस्य के प्रतीक के रूप में नहीं, बल्कि समझ के प्रतीक के रूप में.

और कहा जाता है कि आज भी, जब व्याध-पतंगें शांत जल के ऊपर नीची उड़ती हैं, वे उन लोगों को एक सरल सत्य की याद दिलाती हैं जो ध्यान से देखते हैं—

कि बुद्धि उन लोगों के पास नहीं आती जो उसे पकड़ने की कोशिश करते हैं, बल्कि उन लोगों के पास आती है जो सुनने और छोड़ देने के लिए तैयार होते हैं.

www.ingramcontent.com/pod-product-compliance
Lightning Source LLC
La Vergne TN
LVHW051121051026
849532LV00004BB/1626
* 9 7 9 8 2 9 5 7 2 2 3 6 3 *